甲鬼甲怪
作者_顛顛
作為神的代言人，他看過的故事，比你我都還要多……

給麻瓜同伴的《甲鬼甲怪》閱讀指南

朱宥勳推薦

這本書由我寫推薦序其實滿奇怪的：因為我是徹頭徹尾的無神論者。甚至，在我更激進的青少年時期，我認為所有的宗教，都是一種自覺或不自覺的詐欺。不過，更奇怪的是，這樣的我，確實也是「甲鬼甲怪」粉絲專頁的長期讀者。忘記從哪一篇開始，但只要粉專貼文有更新，我一定停下滑動的手指，直到讀完為止。

因為我雖然不信鬼神，卻對「創造鬼神之說的人類」有興趣。或者更進一步說，是對於「人類如何用他們創造出來的鬼神，來完成自己的目的」。如果有人拿來斂財騙色、傷害他人性命時，那自然就是「邪教」——比如前幾年轟動一時的「日月明功」就讓我非常傷心。那個邪教犯案的地點「默園」，可是日治時期一位重要作家陳虛谷的宅邸呢。本應是傳承文明之光的據點，卻盤踞了人類最冥頑汙穢的邪惡，這樣的命運轉折也未免太殘酷了一點。

相反的，我非常喜歡那些「用看似迷信的鬼神之說，引導人們做出好事」的例子。比如在一些白色恐怖時期的故事裡，會有「丈夫下落不明、妻子到廟裡問下

落」的故事。許多寺廟的乩身一看到這個組合，大概就猜到了背後的冤屈，一概回答「丈夫已經去世，請妻子勿掛念，要好好生活」。丈夫是生是死，我們很難確定；但要好好撫慰生者的心思，卻比什麼都溫暖。或在近幾年，也陸續有許多寺廟為了改掉「女性生理期不得進廟」的歧視傳統，以擲桮或詮釋神諭的方式，提出解套的說法。那些說法都能巧妙地在「不傷害傳統情感之下取得進步成果」，每每令人嘆為觀止。

而這種想法，或許就是我與「甲鬼甲怪」能更進一步結緣的原因。二〇二二年初，我正在寫自己的小說《以下證言將被全面否認》。其中一個篇章，就希望去想像「臺灣人會如何以宗教力量撫慰戰爭傷痕」。於是，我冒昧以讀者的身分，向「甲鬼甲怪」請教。他非常熱情地幫助我，並且還揪了好幾位出身不同、同樣對宗教事務有所專精的朋友，讓我一次問個飽。小說成敗當然由我負責，但和他們的一系列討論，讓我看見宗教做為一種文化的深邃與美感，那是即使不信鬼神的人，也能夠體會到的。比如說，他們再三告訴我：過去的臺灣人面對鬼魂作祟時，處理的方式通常不是「鎮壓」，而是「祭祀」。這是一種「化敵為友」的邏輯，不因為鬼魂是異類而任意打殺，也不是「敬鬼神而遠之」，反而是透過協商、結盟、互助，讓可怕的存在變成可靠、可親的存在。我總覺得，這似乎可以解釋臺灣人的許多思考方式；你可以說有點功利，也可以說有某種純真與溫和的成分在內。總之，非常臺灣。

我也是帶著這樣的心情，興味盎然地讀完《甲鬼甲怪》全書。抱歉啦，我心底深處，還是有某個角落認為「這一切一定能找到別的解釋」。不過，如果連我這麼麻的麻瓜都覺得這些文章好看，我想信不信邪大概都不影響你享受這本書。我特別喜歡的，是那些「祖先來亂」的故事——各個軟爛而不負責任的、通常都是異性戀男性的祖先，即便成了牌位上配享香火的名字，卻還是如生前一般不斷製造麻煩。熟悉臺灣文學的人必定知道，凡是在一部描寫家族故事的小說裡，男性長輩只要沒把家產敗光，就已經算是非常優秀的男人了。大多數故事，都是男性長輩吃喝嫖賭搞得全家烏煙瘴氣，然後由阿嬤、妻子或哪個阿姨支撐大局，一個家才不至於分崩離析。如此說來，無論是那些臺灣文學小說，還是《甲鬼甲怪》的祖先故事，顯然都非常「寫實」——如果它們不是觀察到類似的「現實」，又怎麼能寫得這麼合拍合縫、分毫不差！

因此，若要說《甲鬼甲怪》最讓我驚豔之處，莫過於「鬼神之事，都是人事的折射」；同理，人事的狗屁倒灶和多元進步，也同樣反射在這些「鬼故事」裡。所以，《甲鬼甲怪》裡面真的有男鬼性騷擾男人的故事，顯然情慾並不在肉身消滅了之後就消停；《甲鬼甲怪》一系列「四姊一弟」的故事，更是最「本土」的性別觀察，這些家庭當中根本不必真的有鬼，就已經被種種執念扭曲得不成人形了。更有甚者，是各路神明不同的性格：雷厲風行的關公，不擇手段的雙連文昌帝君，乃至於熱心隨興的濟公師父，都寫得活靈活現。小時候讀希臘神話，專家導讀常常會

說：在希臘人的世界觀裡，神明也有七情六慾，雖然神力無窮但各有個性，所以祂們的故事也能引起我們凡人的共鳴。在我「激進無神論」的青少年時期，甚至因此覺得這是西方文明比亞洲文明更「進步」的特色之一，但顯然這是我認識不足了，若要說起「神之性格」的鮮活多變，臺灣的眾神恐怕是完全不遑多讓的。《甲鬼甲怪》的每一篇章，幾乎都能讓讀者感受到強烈的個性。

「宗教原是為了勸人向善、使人變得更好」，看似是一句沒有什麼爭議也沒有什麼創見的空話。然而，在讀完《甲鬼甲怪》各式各樣奇特的「案例」之後，我卻對這句話有了更深一層的體悟。「向善」、「變好」自然是人們的追求，但人生百百種，又怎麼可能只有一兩種「向善」、「變好」的途徑？由此說來，不同的「神之性格」和不同的「鬼之性格」，或許正是讓我們看到人類心思之複雜。有多少種心思，就有多少種困惑與焦慮，也就需要多少種不同的引導方式。這一點，在不同廟宇的籤詩、楹聯裡，我們就能看見非常多樣化的風格。有溫柔撫慰型的媽祖，有快刀斬亂麻的關公，更有鐵面無私的城隍——比如我非常喜歡「臺灣府城隍廟」的楹聯：「威恩原並濟求錫福何不為善，靈神非可賂望赦罪豈在燒金。」種種風格差異，對應的就是不同的「向善」、「變好」之路吧？

由此，《甲鬼甲怪》書中的某些篇章強調的「不能強求」之心，也就可以理解了。任何神明再怎麼法力無邊，也一定有無法渡化的人；那或許是另外一位神明的強項，也或更是「事主必須自己想通」的功課。如果理解了這一層，宗教不但不是

「欺瞞」，反而是無比「真誠」的——再怎麼樣，人生都是自己的。鬼神的世界我感知不到，但鬼神之事所能引申的教義，我是實實在在地，透過《甲鬼甲怪》有了更深一層的體悟。

謹以此序推薦本書。

甲鬼甲怪

目錄

厭世弟子的修行牢騷　169

不可不信的民俗分享　195

作者序

各位讀者好，我是顛顛。

在看這本書的你們，是否好奇我是一個怎樣的人？個性？興趣嗜好？又或者只是帶著踢館的心情，想看看這個神棍來講三小？

無論動機是哪一個，都很感謝你們打開本書、看到這篇序，因為這就是「理解」的開始。

最初創了「甲鬼甲怪」粉專，開始書寫自己經手的故事與個案，其實也是帶著想挑戰師父的心情來寫：

「你寫不出來的啦，靈界的事情亂七八糟，憑你是整理不出來的。」

我一聽到師父這番話，完全被激到，憑著「怎麼可能寫不出來？我偏要！」的念頭一路寫到至今。

結果發現，我上了師父的當。

「哎呀，寫得還不錯嘛～～這樣總算能夠讓世人好好理解靈界的故事了呢～～～」

幹！

總之，我也只是想告訴各位一件事：

比起拒絕接受，不相信這一切的無神論，或是完全不懷疑，全部吸收的盲信論，我自己傾向是看到應當看到的事物，並嘗試理解與解釋，在科學與宗教兩方找到平衡點。

以前常常聽到，科學與神學的終極目標是相同的，現在回頭來看這句，還真不假。

也希望大家懷著開放包容的心胸，來看這些有恐怖、有可愛、有關懷、有警世，各種甲鬼甲怪的故事吧。

芸芸眾生的見聞記事

狐狸遇太子

狐狸剛滿二十歲時，隱隱約約知道自己被某個看不見的東西跟著，只是去宮廟問都說「不知道」、「不曉得」、「不能說」、「時間還沒到」等等，狐狸深感不耐煩，索性就不問，繼續過安心生活。

沒多久碰上一場自摔的車禍，似乎被打開了通靈體質，也碰上了鬼扯的事——他轉頭一看，便遇上一位神明找上門來。

這位神明與其說是神明，根本就是地痞無賴。之所以跑來找狐狸主要是希望可以請他幫忙道歉。

這位神明跑去某一間臺中的廟宇，跟其他精怪鬼靈賭博，結果輸個精光，最後跑去恐嚇同間廟的土地公要偷香油錢再賭，還威脅要祂們不能告狀。

後來當然去一狀告到主神那裡去了，所以這個神明就逃跑了。

這位神明其實觀察狐狸很久，很想找他當乩身，但機緣還要過幾年才會到，所以一直都在旁邊等待時機到來，要找上門簽本票（？）。

結果因為出了恐嚇偷錢這等大事，加上前陣子靈感被打開，狐狸就提早幾年被

纏上了。所以狐狸成為乩身的第一件事情，就是帶這尊神明去廟裡道歉，自掏腰包買金紙去幫忙還債。

講到這邊，你是不是覺得這是一個無賴神明，覺得應該只是土地公一類的小神？

沒有，這位神明是三清道祖其中一尊。

「三小？你是認真嗎？」我問狐狸。

「不然你自己叫你的濟公師父去看看。」

我請師父去瞧瞧，對方還真的是三清道祖體系的一尊小神……不要問我哪一尊，因為問不出來。

看起來像三清，但更像是三清道祖學院一類剛出來的畢業生，只是仗著自己是三清學院出來的，就瞧不起其他神的那種不良神明。但成為三清已經好幾十年，沒有做出什麼成績，也拗不到乩身，一事無成。

說白一點，就像是仗著自己頂大畢業就出來炫耀，但除了能炫耀學歷之外，什麼都沒有的魯蛇流氓。

本想說這尊三清應該能幫到狐狸什麼，但祂其實是附在狐狸身上，吸取能量，什麼事情都不做，大吃軟飯坐在沙發喝啤酒。根本就《凱洛與星期二》裡面，出現的寄生型詐騙機器人。

這尊三清流氓更糟糕的是，會一直去干涉狐狸的工作、社交，還一直嫌狐狸的

朋友都是一群ＧＡＹ，叫他不要往來，逼迫他切斷關係。整陣子的七月，狐狸過得極度不好，氣場跟人的狀態差勁到不行，不能好好出門，也沒辦法脫離這種困境。

我很生氣地說：「這尊三清到底有什麼值得令人尊敬的點啊？」

「之後就發生了一件事情。」

狐狸有一天經過了一間太子廟，太子爺看到他身上的廢物三清，認為再這樣下去狐狸只會越來越糟糕，於是就跟三清搶乩身。一個是修煉幾百年，有自己神像跟廟宇的太子；一個是三清學院畢業幾十年，一事無成的廢物三清，誰強誰弱就一目了然。

當然結果是太子爺打贏，雖然後來三清拉了其他不良神明想把狐狸搶回來，最終都還是被太子爺打跑，一聲都不敢吭。

後來三清這番不良素行自然也被太子爺告狀，狐狸說後來就再也沒看到三清，現在也跟著太子爺修煉。

不知道經歷過這件事情後，三清學院有沒有皮繃得很緊，要好好調教自己的畢業生跟學生了呢？

柯基

柯基是一個體質特殊的朋友，是與鬼怪靈異現象無緣的超級麻瓜。

雖然普遍大家都會覺得自己是麻瓜，什麼都看不到，但不太可能完全「感受不到」。

好比去人煙稀少的山林裡，雖然看不見，但仍能感受該地有些騷動或生物在活動；明明空無一人的走廊，走起來卻覺得擁擠緩慢；進去廟宇，感受背脊發涼、發熱，耳朵開始有點癢癢的，可能都是跟靈界接觸的表現。

換做是日常一點的說法，第六感、直覺、既視感、危機意識、創意靈感、買樂透、抽卡（？）……大家可能都有遇過難以解釋的玄學現象，代表大家都能感受到一點非物理，或科學上還不能解釋的事物。

然而柯基卻是一個完全感受不到，連一點靈異經驗都沒有的大麻瓜。

之前他家裡發生一些事情，祖先來找家人傳話，媽媽跟姊姊都有被干擾，整個人覺得很煩躁，但柯基卻什麼都沒有感覺，連託夢都沒有；連鐵齒的不可知論者都覺得陰森的海邊，他也覺得沒事、沒問題；原本卡陰卡得要死的朋友，拿著他帶在

身邊五年的護身符，再也沒有經歷到靈騷現象。

「等等，話說回來，我身上帶的護身符，該不會都是這種效果吧？」柯基聽到他的護身符效果，不禁問了這句。

我疑惑回問：「你問這句的意思是？」

柯基說：「我只是想到之前陪朋友去某間土地公廟拜拜，他說那間很靈驗，只要捐香油錢，拿了香火袋或護身符，通常工作或買樂透之類的，都會有顯著的效果……」

「你是期待拿了護身符之後，運氣可以變好一點，可以買張樂透或刮刮樂中獎一下嗎？師父說這些祝福也都被擋掉了，所以沒效。」

柯基聽到我講這句之後，像是被打擊一般，愣了幾秒鐘才慢慢回神，喃喃自語：「我只是想說手遊抽卡至少閃彩光機率可以高一點而已……」

我本想講些安慰話，但對於已經在牆角默默蹲著的柯基，大概沒什麼用。

不過他吃麥〇勞之後，心情就會好了。

#吃東西就會振作的柯基

自從我們發現他的特殊體質之後，嘗試做了不少實驗，包含要戴多久才能夠讓人絕緣、什麼樣的材質效果比較好、給哪種人戴比較適合等等。有時候有效，有時候沒效，有太多不確定性，但起碼對於某些過分敏感的朋友苦主來說，柯基的手環是救命稻草。

一段日子下來，我有默默發現柯基並非完全的痲瓜或絕緣體，有一尊特別限定的神尊可以與他接觸——玄天上帝。

柯基回憶自己小時候，約莫一至二歲時有得過川崎症（註1），家人緊張地到處求關帝、王爺、媽祖……諸位神尊，祈求保佑他平安。嬰兒病床旁掛了不少求來的香火袋跟護符，拖了好久才平安度過。

因緣際會下，他們去過幾間主祀上帝公的宮廟，透過擲筊進行一波海龜湯問答後，得到幾個結論：

一、柯基原本也是敏感體質，川崎症某部分，是鬼怪干擾影響造成。

二、當時玄天上帝路過，不忍看見柯基這麼痛苦，才在他身上加諸祝福。

三、這個祝福只能讓他跟玄天有稍微感應的能力，但不是現在。

柯基說當知道自己與玄天上帝有聯繫後，才發現住了二十年的地方走出巷口轉個彎，就有一間玄天上帝廟。但在這之前，他都沒有發現、注意過。

「……這真的是太邪門了。」

「你要習慣，這種事情可能只會越來越多。」

註1　川崎氏症（Kawasaki disease）是一種好發於兒童的疾病，主要會導致為心肌供應血液的冠狀動脈發炎。並且因為它常造成口腔、鼻子及喉嚨的皮膚黏膜因感染而腫脹，又稱為黏膜皮膚淋巴腺症候群。

我與朋友J提到柯基的狀況之後，J思考了一下，說：「你可以觀察柯基的睡姿，是不是蜷縮起來，或是會抱著東西睡，或是平常有種縮起來的感覺，低頭彎彎的。我看到有一個保護罩，可以讓他躲避和神神鬼鬼接觸。」

經由幾個方式確認與詢問柯基，雖然這狀況真的很莫名，但上帝公在他身上放的是一個龜殼。

對，就是綠色的龜殼。

「……你這樣我只能想到瑪利歐的那個龜殼。」

柯基這樣吐槽。

冬瓜

大家可能都有認識這樣的人：他們的長相外型不錯，個性很好相處，平時互動往來也沒什麼架子，相處起來讓人感覺非常自然又親近，所有人都很願意與他交朋友。

只是有時候，不經意間看向他時，會突然覺得眼前這個人似乎少了什麼，好像沒有「人味」。

而冬瓜就是我目前見過，最感覺不到人味的人。

當初見到冬瓜時，我其實是有點警戒的。雖然一般言談舉止正常，也會講幹話讓全場大笑，後來發現他的眼睛常常失焦閃神，表情讓人感受不太到心思，甚至會有點懷疑：「他是真的發自內心地笑，真的這樣認為的嗎？」

雖然沒有感受到什麼負面情緒能量，身上陰氣卻很強烈，默默感受散發一股黑氣。不知情的人或許會覺得他本性不好、表裡不一，思想邪惡準備算計，所以才會產生這麼重的陰氣。

冬瓜收過別人覺得他「城府很深」、「操縱別人」等等的評價，關於這些，他也

只是聳肩回應：「我不知道為什麼會這樣，我也不太在意別人如何說我就是了。」

冬瓜的朋友很多，照片按讚數跟留言量，說他是網紅也不為過。但其實他傾向獨來獨往，在不同朋友圈沾點水，覺得差不多後就收手，始終與人保持距離與神祕感。

他也不是刻意為之，也不是對人群沒興趣，只是他也坦承，自己對生活沒有太多熱情跟期待。

「我覺得就算明天帶走我也沒關係。」冬瓜很認真地開玩笑，讓人不知道他說這句話的用意為何。

後來才知道，他小時候「曾被帶走過」。

而且不只一次。

冬瓜很喜歡宮廟，甚至會自己一人報名進香團，想去特地見見自己認識或完全不熟的神明。他也有一些感應能力，有時可以在腦中聽到「祂們給予自己的訊息」。

只是每當他想要多問一些自己的事情時，神明的態度就會變得有點曖昧，有想要給予祝福，卻不能多給，甚至對他投以憐憫的眼神。

父母告誡過他不能接觸宮廟，甚至希望他越遠離越好，也不願意告訴他為什麼。冬瓜自己從父母反應旁敲側擊，加上詢問一些親戚後，大概有隱約察覺自己小時候發生過事情。但最多就是「察覺」某些線索，自己推理一些可能性，實際情況還是完全不知。

「這大概也是我想來問你的原因吧，與其說是問事，不如說我是想要來對答案。」

冬瓜推理過程中，有想起一些記憶：被「一些大人」牽著「帶走」，而且不止一次；有兩次甚至是在家裡神明廳「被帶走」。還有媽媽進到神明廳後發現五歲的他倒在地上不省人事，趕緊叫救護車的畫面。

聽到這時，師父叫我去檢查他的魂魄狀態，此刻我才理解我對冬瓜的「活著」的奇異感。

人通常有三魂七魄，而冬瓜只剩二魂一魄，神智長期處在迷茫的狀態。有時候一閃神，一個下午或幾天就這樣過了，這之間發生的事情沒有記憶；也很可能會被一些無形外靈干擾、影響心智，做出一些有違他作風的行為。

「我知道了！我就是網路遊戲裡某個帳號的角色，只要知道我帳號密碼的人都可以操作我這個人。」

「你都這樣說了，不覺得這樣的狀態很可怕嗎？」

「不會啊，很好玩！這樣大家都不知道現在是誰在操作我，可以有很多的新鮮感！」冬瓜講完這句話同時，擠眉弄眼對我比了個讚。

「不知道為什麼，對你有種無名火上來。」

「為什麼！！！」

師父表示，以這樣狀態沒被無形鬼怪拐走，平平安安長到二十幾歲，可說是奇

蹟。

「聽你這麼一說，我有感受到我的魂魄好像有點殘缺，但一直不知道是什麼緣故，神明也不跟我說，廟裡的乩童也不講。」

「因為你的魂魄被帶去地府了，而且是你們家的祖先在背後作怪。」

「啊，好像不意外，想想我爸那裡的親戚的嘴臉，是可以想像他們會幹這種事。」

師父去問過地府，冬瓜的靈魂是被抵押的。

被祖先抵押。

以下是我跟師父，以及冬瓜提供的線索，大致上可能的事情經過：

爸爸那裡的祖先們，可能先天因果業報，得知自己的陽壽不到四十大壽，為了想要活更久，就跑去跟可能是黑白無常一類的獄卒，借了壽命四十年，而代價就是死後要替這些獄卒神將服勞役一、二百年。

而祖先提出了一個交易：定日後若有靈感特別強、資質特別深的孫子，就指定拿他的靈魂來做獄卒們的能量或電池一用，而獄卒也同意了這樁交易。

所以冬瓜從出生、幼稚園、小學總共加總被帶走了五、六次，靈魂就這樣被獄卒拿去當債務抵押使用，而為了消除某種犯罪可能性，也消除了冬瓜對這些事情的記憶。

「沒有人味」這件事，也是因為魂魄不完整，沒辦法統整及認知自己身心狀態，同時卡在陽間、陰間兩界造成的現象之一。

冬瓜提出一個疑問：「那為什麼過去那些神明，都沒有說過這件事啊？」

「因為剛剛那些推理過程需要證據，太多太複雜了，我只是剛好從你提供的線索找到一個方向，但這個方向究竟對不對、會不會導致更糟糕的狀況發生，我們這些辦事人沒有能力承擔，最終還是告知你一切之後，由你做決定。」

「可能我後面那些神明大老有預測到這件事情，也信任你跟你家的師父，才會積極地叫我來找你吧。」冬瓜只笑了笑，彷彿對著自己靈魂跟壽命的事情並不太在意。

「畢竟不知道為什麼，總覺得就是要相信你。」

在處理完身上一堆祖先、神明、解釋案情等等麻煩情況後，冬瓜定時回報自己的狀態，好比說「背後有東西灌進來」、「慢慢的，好像有一些魂魄回歸了～」只是因為都是小時候被帶走的靈魂，修修補補要花上一點時間，大約半年到八個月。至於適不適應又是另一個問題了。

「不過，我開始出現一些類似喜悅的感覺了。」冬瓜用臉書訊息寫這段時，感覺另外一端的他應該是發自內心的笑著的。

#冬瓜　#祖先　#也有些新近況

#願祝找回完整的自己

阿放與八字老師

最近有人好奇問我們一個問題：「有沒有人天生帶偏財運，路上容易踢到錢，偶爾買個刮刮樂就中個兩千，每期發票都有中獎。這樣的命格可能出現嗎？」

有的，阿放就是一個這樣命格的朋友。

阿放從小開始，就常常在路上撿到錢，或是在某些地方發現什麼東西，覺得好像有商機，買去學校轉賣給同學。他的第一臺GBA就是靠這樣賺錢買來的。

家人常常帶著他一起去算命問盤，幾乎每位算命師都說：「沒什麼正財運，但偏財運極高，可以單靠嘴巴拉攏各方人士信任，也可以拉攏到眾多贊助合作與資金。」

我認識阿放十多年了，曾聽他做過大樓保全、手搖飲店員、酒吧公關、餐廳外場、桌遊店、導遊、民宿老闆、活動展覽行銷企劃、股票分析師……只要手上工作好像沒挑戰性，錢也賺夠了，他就會跳到下一個沒玩過的領域。

「這個人是在挑戰搜集三百六十五行嗎？」有時候聽到阿放又換新工作，我的腦袋就會跳出這些疑問。

「你未免也太難定下來了吧？你幹麼一直換工作？」

聽到這個問題的阿放，大笑自嘲：「連我自己都不知道我在幹麼。看到覺得有趣好玩的領域，就會衝動去研究和摸索，然後就變成現在這樣了。」

也因為這樣，阿放認識很多不同領域的奇人異士，常常在一些很奇怪的場合聽到阿放的名字。也有朋友開玩笑說：「面試時如果要跟考官拉近關係，先報上『我認識阿放』，說不定就會被錄取囉！」

「但我的仇人也很多，可能也會被砍，不一定有用哦。」阿放邊笑邊警告，畢竟他有很多份工作做不下去，就是因為仇人太多才離開。

雖然阿放偏財運極強，手上很多資金也都是貴人投資，但都留不住。一開始找來的夥伴都還不錯，但往往都會因為某些原因，突然翻臉決裂。

這也是他這個命格的最大問題：貴人多，而小人更多。更糟糕的是，與貴人關係過於密切，通常都會變自己的敵人。

三年前，阿放曾經跟著一位八字老師學習，學得快又很會舉一反三，師生關係互動不錯，常常被拿來當作典範的學生之外，老師也授權給阿放去講八字、紫微斗數等相關課程。

但阿放這般天賦異稟的學習能力與才華，免不了被其他學生嫉妒，在共同群組放話抹黑、指桑罵槐等事，老師也受其影響，認為阿放學完他的東西之後，會自立

門戶來搶學生，嫌隙與衝突漸增，甚至還被老師封鎖，連見面解釋的機會都沒有。

被眾人疏離排擠的阿放，剛好碰上一個合作機會，決定要離開這位八字老師，飛去日本工作。

但阿放並不知道，自己被那位八字老師「詛咒」。

在日本的兩年間，阿放本來的良好業務嘴跟投資眼光大失靈，股票說漲必跌，談好的客戶突然消失。他的記憶力也變得很差，十秒前講的內容突然想不起來，在客人面前常呆愣失神，不知如何反應。

認識數年的投資夥伴在做旅行社跟民宿，發生周轉不靈，導致付不出薪水，甚至還被夥伴背刺、栽贓等等問題。最後，阿放決定放棄在日本經營的一切，在疫情爆發前回來了臺灣。

他回臺灣後跟我碰了一次面，因為很想知道到底發生什麼事。

我看著阿放有點無神的雙眼，直接地問：「你是不是直覺、靈感、方向感那些全都消失，對數字的敏感度全無，這幾年記憶也都很模糊？」

阿放突然被點醒般地大叫：「對！！！我整個人就像GPS失靈變成路痴，我還得猛盯著地圖，才能走到你這裡來！！！」

問事開始沒多久，阿放就想起來一件事情：

他以為被老師封鎖之後就沒見過面。實際上在他去日本前，有接到老師的電話並出來碰面一次，但他對內容完全想不起來。而在那次之後，生活才開始不太順

遂。

阿放思索一會後表示：「經你這麼一說，我才發現，我連那個老師的臉跟名字都想不太起來。」

根據想不起老師的資料和長相這條線索，再加上八字等命理相關記憶模糊、試圖要提起老師時就會開始頭痛……等等，師父推論出可能：

那位老師用了一些方式或儀式，把阿放所有感知，包含第六感、投資直覺、業務嘴全都封住了。

知道答案的當下，阿放突然雙眼發光，神采飛揚地道：「我怎麼沒想到！去日本之後我看誰都像那個老師的嘴臉，我以為是我的幻覺。」

我吐槽：「雖然你本人常常看起來，都像是嗑了什麼的樣子。」

「你別這樣！！！」

我花了點時間做了一些淨化整理，也向師父確認他的感知已經恢復。

根據其他友人所言，隔天阿放買了兩張兩百元刮刮樂，中了三千元，整個人揚眉吐氣，一吐過去的不快。

「最噁心的你知道是什麼嗎？」阿放用訊息問我。

「是什麼？」

「我發現那個老師解封鎖，訊息敲我問說『要不要出來吃飯』。」

「你回了什麼？」

「我回了一句：『沒想到我活著回臺灣吧？』看到他按怒，我就開心地封鎖他了。」

「做得好。」

我有時候覺得鬼比人可愛，至少鬼達成祂的願望會離開；而某些摸不著心思，整天想著算計的人們，麻煩多了。

願與你同在過

『你知道阿豹過世了嗎？』

「嗯，我知道。他走的樣子還算安詳。」

『你已經聽別人講他的狀況了？』

「——你們在房間裡找一下床架隔層，那邊應該有放他的遺書。內容有特別針對他想要大體化妝，把他打扮成 DragQueen 的請求。他能寫出和要求到這種程度，我想他的意志應該非常堅決吧。」

『欸欸欸等等等，你在說什麼？這是昨天晚上才發生的事情，今天中午才通報，警察剛剛才到，你是怎麼知——』

「因為他正在我旁邊，盡情地講瘋話騷擾我。」我一邊笑著講，一邊對空氣大翻白眼。

說是「空氣」也不對，因為我的視野裡正飄浮著那位與朋友對談的話題主角，理應當出現在高雄而不是在臺北的阿豹。

看到他那張欠罵的笑臉，我想著電話還在接通中便遮住話筒，對著他大罵：

「欸先生，明明走掉的是你，留了一堆麻煩給我們，你卻笑得好像不干你的事？你這個樣子，我們要怎麼醞釀情緒準備哭？而且你哪來重訓才有的胸肌二頭肌！！！

「現在一堆朋友正在你家，一邊哭一邊整理你的遺物，然後你在這裡擠眉弄眼秀身材？我看過的阿飄裡，就你最自由誇張好不好！！！去你的整理腦子啦！！！」

「啊我就死掉現在沒腦子，不然勒？」阿豹聳肩雙手攤著，那個胸肌爆出來的畫面，讓我覺得還好旁邊沒人，不然朋友就會看到我明明正在哭，但卻一直對著眼前的空氣表現出眼神死、無奈嘆氣的樣子。

場面有點太混亂，不知道發生什麼事情的大德們，讓我們把時序調回前面一點，回到這個人還活著的時候開始講起好了。

雖然他的綽號叫「阿豹」，但本人高瘦溫和，對人笑容可掬總是親切，看不出哪裡有豹的特性。

阿豹聽到後，笑著說：「反正很多人明明就不是，硬要說自己是熊族天菜，我這樣真的還好吧？平常和藹待人，那是因為沒必要生氣，只有少數時刻遇到白目，才會真的像豹一樣可怕。

「我叫自己阿豹，只是提醒朋友我還是有脾氣，會生氣的哦~~~」每當阿豹開始變臉的時候，對方就會變得很緊張，怕踩到阿豹的地雷而急忙道歉。

不過這只是他一個小伎倆，覺得用生氣變臉的方式來逗弄朋友是一件很好玩的事情。

說真的，阿豹這個人一直說自己有脾氣，也會發飆，但身邊的朋友幾乎沒看過，還認為阿豹太客氣到有點過頭，時常飄散出一點令人不安的氛圍。

像是他常常幫忙朋友買東西，對方要拿錢給他，他就會一臉皺眉嘟嘴說「小東西沒多少錢，幹麼在意」，一邊把錢推回對方的手上。

或是跟幾個閨密好友規劃完出遊行程後，行程出發的三、四天前，阿豹的身體總是會出點小意外，例如「腸胃炎」、「便祕」、「蕁麻疹」。有一些朋友從受不了，到後來會直接在出遊三天前開始住進阿豹家，像個管家一樣管理他的飲食睡眠、生活起居，甚至控管休息時間間隔等等。

即使阿豹常因為這些事情被唸，也會出現一些常人的不悅反應，常常反駁說「我哪有這麼嬌弱，都是你們想太多」，但他也會默默地讓朋友們照顧他。

雖然我們都被教導要待人和善，但每個人的耐心都有其上限，無時無刻保持微笑是不可能的。但阿豹不僅做到，而且做到了一個極端——就連熟識的朋友想要幫忙，他也會掛著一臉疲態卻還笑著婉拒。

那種過分禮貌的隔閡，常常被誤會成「這個人一定是雙面人，私底下是另外一個嘴臉」等傳言。但這是因為他藏了一個祕密，而知道這個祕密的朋友並不多。

某一天，阿豹邀請我們到他家聚會，告訴特定幾位朋友，包含我。

當時的我，雖然跟他沒有特別熟識，但還是被請來一起吃飯喝酒，等到大家講幹話、大笑得差不多的時候，阿豹頭一沉，開始娓娓道來他很少說的內心話。

「我是真的還滿想死的。」阿豹的第一句便是這個。

阿豹的父母是虔誠的基督徒，理所當然阿豹也有接受受洗，從國小開始就常常上教會禮拜，也參與團契，與其他同年齡層的教徒小孩共同扶持，稱兄道弟。這個讓他滿心喜悅的團體認同感，在國中他選擇向其他教會兄弟出櫃後，徹底毀滅。

阿豹的父母平時工作忙碌，在該教會團體裡參與程度不高，但因為捐獻夠多而被教會主牧看重。也因此，他們並不清楚這個教會對於「不容於團體的一分子」的處置方式，幾乎是跟霸凌沒兩樣的辱罵、潑水、丟石頭。

這些人相信這樣做，阿豹體內那個誘惑他喜歡男生的惡魔就可以被驅逐出去，讓阿豹「恢復正常」。

但實際上，阿豹身上沒有什麼惡魔，爸媽也都知道這件事，認為是神的恩賜而接受了他的身分。反倒是爸媽知情當下，立刻怒斥並退出教會、停止捐獻，逃離周遭「你們停止捐獻會被神詛咒」這種鬼話，盡可能地將阿豹帶離那個地獄。

只是對於阿豹來說，他的身體看起來是完善的，但內心就像是被砍斷手腳、雙眼被戳瞎的小孩一樣。他無法認知到周遭人群，沒辦法判斷其他人對他伸出援手，

下一秒會不會轉而立刻狂揍他。

即便想要振作，阿豹也不知為何，跟朋友相處的每一刻，國中那時的惡夢會像是黑霧一樣纏繞在眼前的每個人身上，將眼前人的話語文字、聲音表情，都替換成當時對他潑水咒罵的那群教會兄弟。

也因為這個狀況，阿豹無法正常去公司工作，一旦碰到觸發記憶的人事物景，他就會立刻失去所有力氣，癱軟坐在地板上。

阿豹的爸媽不忍苛責他，默默地讓阿豹去做他想做的事情，也很關心阿豹的想法跟情緒。雖然能夠理解，但阿豹有時聽到某些鼓勵他的話語，又會讓他進入到那時的記憶——

「那是我的錯嗎！」、「你們為什麼還在幫那些教會護航！」、「所以我現在這樣活該嗎？」、「為什麼要生我下來？」

阿豹身上隔著一層看不見的障壁，與爸媽保持距離，也與所有人保持距離。他不想發出腐臭味道，不想讓已經死亡的內心，汙染別人。

阿豹很努力地整理完整段故事，他的聲音變得有氣無力，顫抖地繼續說：「我死掉很久了。不管怎麼說，那時候的記憶都像是被烙印在眼睛上，我看什麼都會變成他們的樣子。

「我明白，你們跟那群人不一樣，也不是基督徒，長得一點也不像。但每當我

想要去喜歡、相信你們的時候，總會有一瞬間，我的周遭突然都變成那個教會裡面的某間教室，而我坐在椅子上動彈不得。你們都換上白衣，準備拿起石頭要往我身上丟。明明一點也不像，可是我越來越無法分辨你們跟他們的差別。

「我好像被詛咒了一樣，我的肉體雖然在這，但我的記憶跟畫面，內心卻永遠離不開那個地方。」

我們聽完後，也不知道該向前擁抱，還是該說些什麼緩解氣氛，但阿豹只是笑笑地說：「沒事沒事，我的故事太可怕、不好聽，我們換別的。」

他很自然，卻也很令人難過地轉換話題，也讓原本已經哭到不行的他，又變回了那個笑笑的模樣，讓人擔心卻無法靠近安慰的樣子。

「我就真的沒有在怪你們嘛！」阿豹飄到我面前，打斷我的思緒。

我看著眼前高高壯壯，疑似下體有偷塞、浮在空中的阿豹，讓我情緒複雜到對他直接說出：「我是該難過你走了，還是該吐槽說，你這個人把自己的形象改造到有點太作弊啊？」

「我都掛了又沒肉體限制，讓我稍微改造身體自嗨一下嘛！」阿豹擠眉弄眼地在我旁邊，讓我不禁嘆氣。這個人連走了都這麼讓人難以傷感，該說不愧是阿豹嗎？

以前常常聽聞，「結束自己生命的人，都會被囚禁在死前的情境，困在輪迴之

中」，或是「會有一座枉死城去監禁這些不珍惜性命的靈魂」等等說法，但阿豹這個情形實在是過於特殊。

師父曾說過，有些人雖然結局看起來像了結自我，實際上他們有不少人都是久病纏身，只是生病的不是肉體而是心靈，而精神早已被他人摧毀，在內心形成了一種病，甚至可能是癌症等級的。

只是不管是哪一種，阿豹都不被算在「不珍惜生命」那群人裡面。他是用盡全力地活著，直到被病魔折磨至再也無法承受痛苦的那一刻。

而我也管不著用哪種解釋、信仰或者教條，才可以合理化祂出現在這，只是當我知道祂「離開了人世後更輕鬆快樂」，我不自覺啜泣起來。

阿豹看到我這樣，緊張地說：「幹麼哭！你們家師父不是都轉達了嗎！我現在真的很好啦！不要搞得好像是我害你們痛苦地哭，拜託！！！」

我平時雖然不大會敘述我看見、聽到和感受的事情，但這次是因為一位亡者在安慰因祂而難過的生者畫面，不管是麻瓜或通靈人，看了也都會一臉問號地覺得「這是怎麼回事」吧？

那晚過後，阿豹就只在我這裡出現過那麼一次。我想他後來大概也用同樣的模式，帶著稍微有點惡趣味、但為他獨有的安慰方式，來安撫為他難過的朋友們吧？

當我轉述這裡發生的情況給其他共同朋友時，大家幾乎是立刻翻白眼大喊：「這真的是他會做的事！！！這個人真的很愛捉弄關心他的人耶！！！」

雖然覺得困惑，但沒隔幾個星期，就聽到師父說阿豹已經「去到下一個階段」，我後續也感受不到祂的存在了。

但我內心只希望，他能夠重生在一個理解他內心曾經痛苦，能夠好好善待、愛護和充滿關愛的家庭裡，而身邊也都是能夠相知相惜的好友們。

這個世界欠他太多了。我們留下來的人能做的，也頂多就是盡力去爭取一個空間，期望當他或像他這樣的人再度誕生後，不用再經歷一次地獄，能好好活著體會之前沒能享受的世界。

希望他也能感覺到，曾有一群人與他同在過。

妳在看什麼？

這幾個月，F經常看到他的貓在房間有一些奇怪的行為。比如坐在窗戶盯著窗外，一動也不動從下午到晚上，直到聽見F打開罐頭聲音，才跳下跑去等晚飯；或是跳上衣櫃，鑽進櫃子跟天花板的夾層縫隙，再從邊角往下四處瞻望，低聲嘶吼著，像是在威嚇些看不見的東西，讓F心裡毛毛的。

大概也是貓咪太過緊張的關係，頻頻出現掉毛的現象，F嘗試幾個安撫方法，帶去看醫生都不見好轉，F跟朋友Y討論後，決定找Y認識的寵物溝通師，來了解貓咪到底出了什麼事。

幾天後，Y帶著寵物溝通師來到家中，與貓咪交流一會，結果溝通師說出來的話，讓F差點嚇到奪門而出。因為溝通師很認真地表示：「你家貓這麼緊張，是她看到你的房間內，有個很凶的鬼在裡面。

「她說，這個鬼是你之前某一次爬山時跟回來的，就一直留在家裡沒有走；她還講說你很常去電影院看恐怖電影，回到家總是會有一群灰色影子跟你回家，讓她都躲起來不敢出來。」

隨著寵物溝通師解釋越多，F的臉色就更慘白一點，無法聽進更多。他著急向溝通師提問：「如果不處理的話，會怎麼樣？」

溝通師只回：「我建議你，找會除靈的人趕快處理。」

在送溝通師離開關上門那一刻，F立刻拉出行李箱整理衣物，打算找人來處理完畢之前，在旅館躲避一個月。

據說F瘋狂喊叫「我跟祂無冤無仇為什麼要來害我！！！」之類的內容，抓著Y的衣角大哭，處境尷尬的Y花了一個晚上安撫，才終於讓F恢復冷靜。

當然F晚上大失眠，開著燈躺在床上看向緊鎖的房門，深怕門突然打開，跑出一個黑色人影衝向他。

連夜難眠的F拿起手機，聯絡柯基，沿線找到我來拜託師父求助，並告訴我上述他所經歷的事情。

「我打個岔，你最近一次去看的電影是哪部？」

『名偵探柯南電影版。』

「嗯，好啦，東京死神的確算恐怖片。雖然普遍人都會怕鬼，但你會不會太嚴重了一點？」

『啊，鬼在房子裡面我很害怕有什麼辦法嘛！！！！！而且那名溝通師還接著說我身上還有什麼……』

F繼續抱怨那名寵物溝通師，柯基在我旁邊露出疲憊的表情。他之前以朋友的

身分被轟炸過一次，接電話一次，這次聽已經是第三次了。

當我還在疑惑問題到底在哪裡時，柯基突然想到什麼，向F問：

「你還記得，你上次去爬山是多久以前的事嗎？」

『大概……還在大學的時候吧？』

「……那不是將近七、八年前了嗎？」

『怎麼了嗎？這件事情跟要處理鬼有什麼關係嗎？』

柯基稍微屏住呼吸，緩緩地講：「一個鬼、在你旁邊、跟了你將近七八年、然後，你沒有車禍、沒有意外、沒有血光之災、沒有身體不適。你覺得這樣的鬼很凶嗎!?而且祂都已經在你旁邊蹭了七八年，你連個衣角都沒有看到，壓床也沒有，那你到底在緊張什麼？」

『……啊，對耶。』

F像是被當頭棒喝一樣，我看他的眼睛突然有神，整個人也清醒多了。

我補充說明：「嘛，無論究竟是什麼神明或鬼怪、出現是要嚇你或找麻煩，試圖保持冷靜理智面對，才能發現找到問題解決。」

『但那溝通師沒有要誆騙我的樣子，朋友也說他很能信任，這樣問題到底在哪邊啊？』

在師父幫助下，大概釐清了整體狀況：在F的房間裡確實有些不乾淨的東西，

但那根本不是爬山或看電影帶回來的。

真正的實情是：F的貓咪閒來無事，這幾個禮拜只要看到窗外有一些小黑點、影子、路過的阿飄好兄弟，盯著盯著就會一時手賤(tshiú-tsiān)揮掌招進來。結果有幾天招來巨大的身影，自己被嚇到，逃離現場等著祂們離開，因而近期才出現發瘋跳來跳去的情況，並不是一開始就有鬼。至於溝通師那件事情——

「是你的貓咪怕被發現這些都是她搞出來的麻煩，她為了避免被你罵，對溝通師裝可憐、裝無辜，辯說都是主人帶回來的，讓她害怕到一直掉毛吃不下飯，主人都不買新玩具給她云云。然後看你嚇成那個樣子，她覺得好像不會被發現，就當成沒自己的事跑去吃罐罐了。」

上述轉達完畢，我有點尷尬地對已經傻住的F解釋：「只能說你家的貓咪演技高超，溝通師一時不察被騙到，也不是他要刻意嚇你斂財啦……」

『……』

請師父和其他神尊過去清理房間，房間確定無事之後，F才放下心裡一顆大石頭。而闖禍的那隻貓咪，F處罰她一個月沒有罐罐吃，不給摸摸，任由她哀號也不理會她，大概是真的太生氣了。

事情結束後，柯基問了我：「但是為什麼，好兄弟會被貓咪揮手招來？」

「當然是來蹭貓跟吸貓的，貓奴不分人鬼。」

#人間靈界通用大麻　#貓咪果然就機掰

唐僧肉

K從小就被說是唐僧。不過這並不是指他是菩薩轉世或具有菩薩心腸，就跟《西遊記》裡一樣，一堆妖怪想撲向他，這些鬼怪也不是他的冤親債主或什麼因果業，就是單純覺得他的氣好吃。

說更白一點，就是唐僧肉。

大概是因為這個原因，K小時候難帶程度比其他人高出幾十倍。我聽完他的事蹟後只有「你到底是怎樣有辦法活到三十歲？」的想法。

「我也很好奇我怎麼活下來的。」K說。

雖然他小時候就曾當過不少神明的契孫，但無論玉皇也好、王爺也好，或是關帝也罷，K還是面臨過不少生死交關。

直至K十八歲，要從臺南去臺北唸書時，由於他剛進大學宿舍沒多久就被靈擾得身心俱疲，K的媽媽擔心這樣下去只能白髮人送黑髮人，決定帶他去找一位剛認識的媽祖乩身尋求幫忙。

媽祖乩表示，這孩子大概從十八歲一路到二十八歲的十年間，都會有極大的災

難，必須得幫K做一些處理。

K媽說：「我只希望這個孩子能夠平安順遂長大，不要再讓他看到各種鬼怪了，拜託。」

而那位媽祖乩做了一個處理：幫K把「感知」塞了起來，不要讓他有接觸或看到的可能性。

雖然一般來說我們都說「陰陽眼」、「聽到祂們跟我說話」、「祂們在碰我」，但實際上，多數有靈感體質或感應能力的朋友，多半都是從約莫脊椎仙骨、尾骨的地方接收來自神鬼靈體的訊息，再轉化成我們能夠理解的聲音、圖像、味道、觸覺等等具體感受。

所以有些朋友曾表示進去廟宇會感覺到尾椎部分發熱、發燙或發冷，進而引發頭暈或太陽穴鼓起等等反應，其實都是正常的，那可能表示祂們在與你溝通或給予祝福庇護。

雖然為對鬼怪極度敏感的朋友，把感知關掉可以阻斷大部分靈體騷擾的可能性，不過感知也多半跟直覺、第六感綁在一起，所以關掉之後最明顯的情況就是：一切直覺反應完全失準。

以K來說，本來直覺、危機感、第六感等等都還滿順暢的，他也會透過氣味的方式幫他避開危險。（K的感知能力主要集中在嗅覺）

但感知能力被關掉後，他一切直覺反應都跟現實狀況完全反著走，本來預測事

情會往ABC走，都會變成XYZ的程度。還好K本身個性夠樂天，加上關老爺的保護跟少許的危機感，才能夠安安心心地活到三十歲吧。

題外話，K說他每次回臺北或回臺南第一件事情不是回家，而是衝去開基武廟或龍山寺，見見關老爺直到開心了才回家。他也不知道為什麼，只要看到關老爺就會很開心。

（家人表示：）

看到這裡應該有人會發現一件事情：劫難不是只到二十八歲嗎？那重新把K的感知打開了嗎？

我後來也問了K這個問題，K尷尬笑了回應：

「因為後來我們家跟那位媽祖乩鬧不合，所以也沒找到她來解……」

「呃……」

在觀音等神明的幫助下，我重新幫忙將K的感知能力打開，沒多久K就表示聞到了味道。

乾淨的白色花香味、青草味、檀木味、糖果味、酒香味、泥土味等等。

#搞得我們這邊好像品香大會

我這幾個星期都有跟K聯絡，確定他沒遇到什麼大事，只不過可以感受到他平常攜帶在身上的水晶與玉的亮度變化。重新打開感知的前幾天，那些飾品都還滿正常的，可以撐一陣子，沒過幾天，K馬上發現水晶極速變暗，並趕快用了香或鼠尾

草一類的方式淨化充電。

我們都猜想大概是因為唐僧肉體質吸引鬼怪靈體，導致他的飾品擋得有點辛苦……

祝K能夠順順利利地生活。

骷髏頭塔羅牌

這是友人Ｊ的故事。

Ｊ大學第一年繼承了一副塔羅牌。當時據說已轉過三手，其中一任主人是電視上會看到的塔羅牌老師。當時的Ｊ可說是塔羅力爆棚，問什麼準什麼（期限三個月內），家裡週末來問事的朋友排到半夜還問不完。

有一次一位通靈人到Ｊ家，看見Ｊ房間有三顆骷髏頭在盤旋，經過推敲，發現就是從那副塔羅牌散出來的。爾後Ｊ心裡也感覺毛毛的，遂把牌收起來，但過了一陣子後它就不翼而飛，此乃後話，姑且不表。

而從那時候開始，Ｊ偶爾時運低就會碰到一些奇奇怪怪的事。

這次的事件距離上次奇怪事件發生已經有三年多了，每次大概都發生在Ｊ失業的時候。Ｊ與友人在宜蘭山區遊玩，回來一進家門，愛犬就害怕地對著Ｊ狂吠。Ｊ眉頭一皺發現案情不單純，但是以恐怖指數來說跟以前那些比還差得遠，所以Ｊ很鎮定地去睡覺。

睡到半夜十二點半友人忽然來電，Ｊ心想誰不知自己是出了名的早睡？詢問之

下友人竟然說他是回J電話，而且J前面已經跟他講了一個小時。J心裡一驚，他十點鐘就睡了，怎麼可能和朋友聊天？

這時J立刻臉書給通靈友人H。結果友人H反常地沒有反應。J忽然想起兩天前結識的 Uber P。P讓J拍照給他，P再轉給甲鬼甲怪的友人看一看。

他們一看就發現J被魔跟了。

太子非常給力，隔天就把J帶到地藏王菩薩那裡處理。J先買了一疊紙錢供奉，後來狐狸就開始和神明交涉。

其實J也沒想到自己為什麼會被跟，因為他只是在宜蘭的山區走了一個很普通的森林步道。當狐狸問J說是不是折了花還是踩了草，J思考了一下說完全沒有。後來神明說J是被一個小女孩跟著，他才想到自己當時和朋友在步道上開玩笑說：「你後面跟了一個紅衣小女孩。」

狐狸搖搖頭說：「你完蛋了……她以為你看到她了。」

J心裡也搖搖頭OS：「完蛋了……她以為自己看到她了。」

後來狐狸跟神明交涉了一陣子，神明指示要再去買一疊紙錢。供奉後狐狸給了J一串佛珠，然後嘆了口氣說：「沒事了。」看得出來耗費了很多心神，讓J非常自責亂講話。

狐狸說要是回到那個山區，記得帶一包打開的糖果去供奉。

但是J想，他大概一輩子也不敢回去了。

魅力無限的 Kevin

Kevin 的家人十多年前在汐止買了一間二手房，據聞前屋主一家曾有人在此過世，為了避免麻煩，他們曾請了一些老師跟師父來處理。雖然剛搬進去前兩年還有一些狀況，例如 Kevin 常在家中被壓床，不過在拜了附近土地公廟，以及其他宮廟師父老師幫忙後，生活漸漸步上正軌，其後也沒再鬧鬼。

不過 Kevin 仍敘述了一件當年讓他有點在意的事情：

某天晚上睡覺，約半夜一點多時，他在睡夢裡察覺從半開的門後走了一位「朋友」過來，慢慢地爬上他的床鋪。因為 Kevin 沒開燈，只透過窗戶外的一點點路燈光在黑夜之中稍稍睜眼，看到一名剪影為男性的人正在看著他。

Kevin 急忙想要動身卻動彈困難，那名男性輕輕地說：「噓，你別緊張，不要害怕。」

然而男性似乎察覺到旁邊房間也有人聲，匆忙地從 Kevin 床上跳開跑走。當 Kevin 感覺可以動後，立刻起身開燈查看到底是不是小偷，但並沒看到有人入侵的蹤影，門窗都好好的——他才發現那並不是活人。

我稍微問了一下 Kevin：「你還記得那名男性大概是怎樣的人嗎？」

「平頭，身高比我矮大概16X，感受年紀大約四十幾……」

我看到了一些奇妙的畫面，便繼續問下去：「那你……有看到他穿衣服嗎？或衣服的袖襬之類的。」

Kevin 稍微思索了一下，說：「似乎沒有……」

「那，他摸你的時候，是不是覺得很不像在搜身的摸……」

「好像是有點挑逗的摸……。」

大概跟 Kevin 確認一些細節以及詢問我們家的神明（我想祂們應該會想「你到底在問什麼鬼問題？」），大概推敲出了情況：

前屋主一家曾有一名四十多歲未婚男性，因為某些原因病故於家中，雖然屋主搬家時也有請示祂一起離開，但可能因為對於家中有些留念，最後仍會回到祂當初居住的房間，也就是 Keivn 的房間，想著自己曾經帶男人回來，在這個空間發生的種種。

也就是說，Kevin 被前屋主家中過世的一名全裸男鬼性騷擾。

「我的魅力真的連鬼都能吸引過來呢……」Kevin 自嘲地說。

慶幸的是，因為 Kevin 一家剛搬進來那兩年發生太多無法科學解釋的事情，找了當地土地公廟協助幫忙後，這名男鬼就再也沒有出現，Kevin 也很少被鬼壓床了。

 # Kevin 魅力無窮

敏感

「我其實，內心一直都很不安……」

Tom 是個敏感的孩子。

他小時候曾經住在國外，但爸爸因為難以理解的精神疾病造成無法自理，媽媽與其離婚後，就把 Tom 接回臺灣照顧。

二〇一三年的時候，他們住在八樓的頂加。因為是頂加，所以可以從陽臺看到附近的住戶。讓 Tom 難以忘記的，是那個從來沒有點燈，卻可以看到有人關注的視線的神壇。

當時 Tom 有枕頭囤積症，想要買很多枕頭把自己埋起來，似乎是想躲避什麼或是擋住什麼。他枕頭越買越多，一年甚至可以買到十五顆枕頭，但不安感卻沒有減少。

他一直都對於似乎要從陽臺那端過來的什麼東西，感到不安。

Tom 的友人 Quint 也曾經感受過那道視線，而 Tom 的媽媽也隱隱約約在睡夢中會有被盯著的感覺。儘管如此，Tom 跟媽媽還是在那個頂加住到了二〇一七年。

不知道是不是因為Tom的敏感體質，他容易自言自語，也因為如此遭受到學校同儕的霸凌。他知道媽媽獨自拉拔自己長大很辛苦，所以盡量不讓媽媽擔心，努力拿書卷獎讓媽媽安心。但學校同學並不會因為你功課好就停止欺負，所以Tom在學校過得也不是很好。

二〇一七年，在媽媽友人的介紹下，他們搬進了離舊家不遠的另一個五樓頂加。雖然已經看不到那個奇怪的神壇，但Tom的精神狀況仍然時好時壞。

二〇二〇年，Tom升上大四，已經是個會為了自己未來擔心的年紀。因為不安著自己是否可以找到適合的工作，Tom給了自己滿大的壓力。

終於，在某次與同學的衝突，Tom爆發了。

那是個分組進行的作業報告，團體中總是會有人出的力多，有人出的力少。Tom看不慣同組的A毫無貢獻，於是在Line群組裡面指責了A。但在A與A其他朋友的圍剿下，他們逼迫Tom要公開道歉，否則要公開Tom的醜聞。

Tom思緒紛亂，於是尋求較為年長的朋友Quint的幫助。Quint感受到Tom的不安，因此答應Tom的拜訪。

而當時的Tom，只能以「不對勁」來形容。

「如果這個世界都是因為我的妄想才誕生的話，那該怎麼辦？」

「因為我有想到網路，所以網路才因此出現。」

「如果我說我能夠控制大家的想法，你會相信我嗎？」Tom這些言論讓Quint

感到惶恐，因為 Tom 雖然是個敏感的人，但並不會有這樣自我中心的妄想。

無奈之下，Qunit 帶著 Tom 找上我，把最後希望放在神明身上。

我察覺到 Tom 的狀況，先拿了幾道護符，把 Tom 身上的煞氣收掉後，Tom 的神智才稍微清醒，只是還是處於不太穩定的狀態。跟師父確認完畢，判斷可能是因為等待 Quint 的時候太過不安，Tom 被附近醫院的靈體纏上卡到陰了。然而過了三天，Tom 還是呈現一個不穩定的狀態，甚至越發嚴重，到了完全不敢出門的地步。

我到 Tom 家中關心他的狀態，發現 Tom 妄想越來越嚴重，而房間有一團黑氣，那是導致他出現「你願意相信我能影響別人嗎？」、「這裡是現實世界還是網路世界呢？」這種問題的原因——Tom 的身上，纏著一堆靈體。

焦急的 Tom 媽，問我她的兒子是否卡到陰，我也只能誠實以告：「Tom 身上卡了很多，只能一個一個溝通請走。」

從 Tom 身上分別清出十來歲的、二十來歲以及七十來歲的男性。這些靈體都穿著病服，大概原本都是在醫院被 Tom 的負面能量吸引過來的。

忙了好一陣子，最後只剩下十來歲的男孩不願意離開，Tom 的狀態也變成孩童時期的樣子：說話會疊字，不然就是不開口。

「沒關係，顛顛你已經很盡力了，如果狀態還這樣子，我會建議 Tom 媽把他送去榮總精神科，看看有沒有其他方法。」Quint 見到我疲憊快累倒的樣子，提出了這個想法，也叫我先回去休息。

隔天，Tom 被送去了石牌榮總，我們則去了臺北天后宮找媽祖娘娘求救。

「Tom 是不是卡到很多東西？」聖筊。

「媽祖是不是要我帶香灰過去？」三聖筊。

「是不是要利用香灰當載體，把 Tom 的魂魄帶過去？」三聖筊。

花了九牛二虎之力，我終於跟著 Tom 媽在複雜的醫院樓層找到了 Tom。先是把裝了香灰的紅包袋塞進 Tom 的手中，然後右手由我握住，左手則由 Tom 媽握住，並且開始用引導的方式來跟 Tom 對話。

「Tom，你現在周邊看到什麼？」

『我周邊都是黑色的，什麼也看不到。』

「你認得我的聲音嗎？」

『嗯。』

「那你聽著我的引導，我幫你走出來。」

『好。』

大概花了十多分鐘的魂魄引導，事後 Tom 說，他感覺到白色的光，看到一位女性、看到一條路，也感受到自己的雙腳踏穩在地板上。

最後，Tom 看向左邊，開口問，「媽媽，原來妳在這裡嗎？」

他泣不成聲。

Tom 表示，自己有很長一段時間都在黑暗中，並不知道自己在哪裡。當 Tom

知道時間已經過了一星期，並且發現自己正在病房中，他感到非常驚訝。

根據我媽的說法，似乎是因為 Tom 媽媽沒有辭祖，導致爸爸那邊的祖先影響過來了，因為爸爸那邊同輩的男性精神狀況都有嚴重的問題。後來辭祖完成後，就沒有什麼狀況出現，Tom 看起來也真的恢復了正常。

Tom 說：「我好像有一種『真的在活著』的感覺，謝謝顛顛跟師父，有種讓我回到人間的感覺。」

元旦驚魂

事情發生在元旦晚上。

狐狸接到朋友L跟M的訊息，說一位女性友人A的狀態不好，講話不太正常。本來狐狸想說訊息內容不急，應該沒什麼大礙，但看到女生的照片發覺不對勁，請L傳影片後，才真切感受到大事不妙。

影片中，A無力地躺在沙發上，反覆用著第三人稱喊自己的名字，一下子說自己是地基主，一下子說著不知道什麼語言。

L說A三天來都沒什麼吃喝，整個人相當虛弱。中邪了。

本來我跟狐狸和彼此的阿閃在朋友家吃飯，知道狀況不太對後，我們匆匆忙忙坐計程車趕去了解剛剛到底是什麼狀況。

當我們趕到的時候，A還躺在沙發上，旁邊是A的男友在照顧她，而A大聲地喝斥說：「拍打手！這樣A才會好！這樣才可以把她身上的東西趕出去！」

於是我們看到A的男友拍打A的手，但這顯然沒什麼用，因為A的笑容很明顯

是在玩弄他。

當我跟狐狸請神明上身，我跟狐狸就質問她：「妳是誰？」

「地基主啊～你們看這邊很亂，都是因為太亂了A很生氣啊，叫你們整理啊，都不整理啊～」

「妳，是誰？」

「我是A啊，我在幫她呀～」

「妳、是、誰。」

A沉默了一下子後，繼續說：「白沙屯媽祖啦，我是來幫助A的，A真的很不舒服啦。」

雖然如此，但不管是從語氣、氣場判斷，祂都絕對不是什麼媽祖。

「你讓她三天不吃不喝沒辦法睡覺，這叫幫助她？」

「不然你們想怎麼樣？」

「出去。」

「出去哪裡呢？」

「從A的身體裡出去。」

我們跟祂僵持了好一陣子，「那位」才終於放棄，而躺在沙發上的A突然不斷發抖，不斷地往天花板上吐氣。

其他在場的L、M跟其他友人雖然看不到，但也一身冷顫，因為知道A吐出

來的氣絕對不是什麼好東西。我跟狐狸在事前也有設結界或障壁，以防波及到其他人，也避免A裡面的靈出來時，又做什麼襲擊的舉動。

最後「祂」離開了。

L打了電話趕緊叫救護車來接A，送進醫院打鎮定劑跟營養針。

A身上的，不只是剛剛跟我們對話的那一位，而是一共卡了七個靈。所以本來的那個「祂」離開後，A的意識有回來一下，跟我們說了一些話，但等到救護車跟警察來之後，她的意識又被壓下去，換成另一個小孩靈的意識起身。

本來沒吃東西，應該要無力的A又變得能站起來了。

後來了解，「祂」曾經幻化成神明，去欺騙A說「祂」是來幫自己，希望可以上她的身體來幫忙。但實際上，A的意識被「祂」不知道丟到哪裡去，而我們也不敢直接動手去對「祂」做什麼。

因為「祂」說：「如果你們敢怎樣，我大不了就玉石俱焚。」

要不是我們神明已經開始亮法器跟現身，那個「祂」也不會那麼快且帶著悔恨離開。只不過還沒結束，因為濟公師父有跟我們說，「祂」只是暫時離開，還要我們繼續處理。

沒想到二〇二〇年第一天就這麼累。

女生A從醫院出來後好上許多，待她回到中和跟家人的家後，我們趕過去了解狀況。

大概一年前，因為學業的關係，A跟男友在竹圍租了一間房子一起住，而這間是透過A男友的爸爸介紹來的。A說，她當時見到房東，感覺對方人很好，但又有哪些不太對勁。

狐狸說，那些鬼怪已經住在竹圍的房子很久，也盯他們很久了。而自從A跟她男友住在這個地方後，兩人吵架越來越頻繁，感情狀態也每下愈況。直到去年年底，男友想要跟A談分開，讓A非常低落，才來到M的家中喝酒聊天。

大概是那時候，「祂」才趁機闖入A的身體中，吃掉她的魂魄。

不幸中的大幸是，去年四月A有參加白沙屯媽祖繞境，雖然只參加一天，但A拿到一個紅布條放在竹圍家。

當A被送去醫院時，白沙屯媽祖就派了兵將過去追「祂」，把「祂」吃下去的魂魄給搶了回來，並放在紅布條內保管，等A精神跟身體狀況比較好後，再請人去竹圍的家拿回去。

講到這裡，A瞬間高聲感激：「我以後每年都要參加媽祖繞境！！！」

師姊的執念

第一次碰見S跟M的時候是在二〇二〇年初，雖然我本身是做跟宗教有關的工作，但跟他們相處下來，也是會不禁想說：「他們也太迷信了吧？」

S心裡一慌的時候，就會想要找咒語、飾品，覺得唸越多、戴越多才能夠避免被無形纏上。她也會向我詢問：「唸這個有什麼功效？」雖然解釋很多次，仍無法解除她的焦慮；M則是運勢衰小到爆，當她們來找我時，身體多處都在疼痛，右腳也不方便行走，找工作都是去面試之後就毫無下文。由於她們兩人住一起，生活開銷跟房租就落在S頭上，導致她們壓力大到不行。

她們的問題錯綜複雜，但最源頭還是在二〇一二年，她們在陷入困境與無助之下，碰上了一位師姊。

二〇一二年，S被一個號稱會神通，實則利誘威逼的恐怖情人纏上一段時日。對方散播謠言、製造親友家人間的嫌隙，讓親姊妹都覺得S是「驕縱又不近人情的大小姐」，造成S身心俱疲近乎發瘋。

師姊聽完後，告訴S對方是用什麼方式下咒干擾，以及她跟恐怖情人前世今生的緣分，擇日辦了法會幫助S脫離對方干擾。在法會結束後，S突然如夢初醒，終於跟家人釐清恐怖情人的造謠，結束了關係。

二〇一二年的某日，M發生怪病，手腳會莫名發燙，甚至會到猶如被熱水燙傷的感覺。醫院檢查跟醫師診治也只說是「基因問題」，院方束手無策。M情急之下，聯絡了朋友S，也剛好遇上師姊。師姊又幫M辦了七天法會，而且要吃素。半信半疑之下，M的身體竟然漸漸好轉，不再有莫名發燙情況。

師姊信佛，聽說專職做了一陣子的乩身，也涉入過身心靈領域做心靈導師。她那時有開一間公司，公司另一部分有設道場，專門處理無形的事情。

她們後來為了報恩，就留在師姊的店裡工作幫忙。

師姊理應是救命恩人，但殊不知S跟M兩人只是從一個肉眼可見的危機，陷入無可名狀的惡夢。

她們雖然獲得一份工作，師姊也提供公司宿舍，她們主要是幫公司內處理雜務，包含打掃、採買、接待客人、燒香、供佛、食宿……但第一年薪水只有五千元，而且不含勞健保。

雖然S跟M感念師姊的幫忙，也因為法會並沒有收她們錢，她們就將薪水差額當作「費用」忍了下來。但後來實在不夠日常生活開銷，她們便硬著頭皮跟師姊

談，也去其他地方找打工，幾經苦求、擺臭臉之下，總算提高到一萬兩千元。

雖然師姊有時候講話不留情，甚至吝嗇，但還是展現出關心她們的一面，希望幫助她們，教導她們如何與人互動、工作跟生活。

只是二〇一三年的時候，師姊為了公司利益，協助了有商業來往客戶處理無形。S兩人曾經親眼見過，師姊被神明降身，用陌生的口音及說話方式，嘆氣地對S及M說：「我要她用能力幫助像妳們這種走投無路、需要幫忙的人，而非只注意客戶能不能回饋，幫助她公司賺錢。」

隔年，二〇一四年的時候，師姊就開始出事。先是師姊的婚姻經營出了問題，她與丈夫離婚，小孩也完全不想要跟她生活便隨著爸爸一同離開。與此同時，同樣住在公司宿舍，師姊多年前的乾妹妹正逢與未婚夫籌辦婚禮，打算與師姊商談搬出去，住進夫家的事情。

後來發生什麼事情，S也不清楚，只知道乾妹妹結了婚也生了孩子，但母子依舊住在師姊家中，不與夫家親戚往來，甚至要求男方搬來師姊家一起住。

事發沒多久的某天早上，S在換水供茶禮佛途中，貌似感應到師姊祭拜的佛像，聲音傳入腦海對她們說：「妳們該離開了，她已經無法挽回了。」

雖然尚未理解這句話的意涵，不過師姊逐漸發瘋的言論，與歇斯底里的行徑，讓S與M像是逃難般離開師姊的公司，換了手機號碼跟聯絡資訊，也順利找到新住處，準備重新開始。

本當如此時，一種「被師姊掌握住」的不祥預感又不斷冒出。雖然兩位都有專業背景，但丟了幾個月的履歷最終都石沉大海；明明換了號碼，師姊還是可以找到她們電話，講出「妳們不可能離開我」的鬼來電訊息。

她們曾經一度懷疑師姊在她們熟睡時，是不是為她們偷偷動了手術，裝了GPS追蹤器，因為師姊總是可以和她們不期而遇——路上採買東西時，總是在轉角「不小心」碰上師姊本人，皮笑肉不笑地笑著說：「好久不見，妳們生活最近好嗎？過得不好的話，我隨時歡迎妳們搬回來，我會原諒妳們的。」

師姊像是鬼魅般出沒的恐懼感，讓她們拚命想找方法逃過魔掌，這或許也是她們為何一見我就直接問有沒有經文可唸、手鍊可戴，因為師姊的行動邏輯以及行為，已經超乎常人能理解的範疇，只能求神祕力量幫忙了。

她們從新店搬到淡水，被師姊騷擾到精神失常，待回過神時，不知何時接受師姊提議，搬回新店住在師姊友人提供的租屋處。那裡雖然環境不錯但高額房租讓她們喘不過氣來；師姊也透過人脈關係找到一家醫院讓她們工作，但裡面充滿各種災難，讓她們懷疑師姊存心要害死她們。

像是M上班途中莫名被絆倒、跌倒，院內醫師隨意檢查後說：「只是腫脹，用護踝就可以正常上班。」結果兩天後腫脹變大、完全無法站立，再次檢查才知道是骨折；S去考相關考試，考前十分鐘才發現編號臂章戴錯，趕緊請考場人員幫忙更換，考場人員卻說「沒關係」，也不打算讓她換，直到負責人過來時才發現事情大

條，痛罵考場人員，讓她更換正確的考試臂章。

而她戴錯臂章號碼的那位考生，當天剛好也沒來應考。如果直接這樣下去考試，被當成槍手也沒辦法辯解。

本來S和M是為了要從恐怖情人跟不知名怪病逃離，沒想到幫助她們脫離的師姊，成了新的迫害者，更加無形地箝制住她們身心，意圖控制她們的人生。

回到現在，從二〇二〇年前後約莫兩年，我在師父的提示下，斷斷續續處理她們的問題，也有去過她們住處拆掉過師姊的法術符令，S與M兩位心理狀態也有逐步好轉的跡象。

二〇二二年一月，鄰近除夕前後，S與M有找我詢問關於工作跟住所上的一些建議，以及帶了一箱手環手串，都是在被師姊糾纏那幾年發瘋似的，為了祈求佛力神助而買。而現在她們知道如何去應對這些神神鬼鬼的事情，已經不需要這些手環，只是也不知道該如何處理，就帶過來求助。

S說：「師父幫助我們很多，可是過去幾次實在經濟拮据無法給紅包，至少把這些在失心瘋下亂買的手環，交給師父代賣，部分生物就給師父當作答謝。」

當時發生一個很有趣的小事：

師父叫我拿了兩支文昌筆給她們，交代說「可以幫助她們求職」。

我將筆放在桌上，S與M兩位只是看著，也沒有任何伸手去拿的動作，只是也

尷尬不知道該如何是好。

我說：「師父有說過，這些水晶飾品、水晶珠寶雖然對人有功效，但主要是透過物品本身性質與意義，幫助自己心靈上能夠建立自信與力量。如果妳們心中已有明確的方向，加上之前師父給的那些飾品小物，應該就足夠了。」

M意會到什麼，說：「師父該不會是在對我們考試？」

「嗯，對，他老人家有時候很愛這樣。」我尷尬地白眼表示。

不要隨意開啟隨堂小考模式好不好！！！

幫人要有界線

之前有一位女性來找我母親幫忙，希望我們可以救救她先生，因為先生無法下床。

先生多年在中國經商，去年因武漢肺炎變故回來臺灣，沒多久他在家出現嚴重幻覺：睡醒時，看到一堆羊與嬰兒在他旁邊圍繞，不斷撲向他。妻子一進來就看到丈夫發出慘叫，拚命叫她不要過來，花了幾天才恢復到可以講話的程度。

妻子在丈夫坦承跟其他友人證言下，得知了實情部分面貌：丈夫在中國工作時沉迷酒店，與眾多小姐尋歡，甚至還跟其中一位結婚，懷孕墮胎多次，最後藉著換工作的名義偷偷離開。

幻覺為何是羊與嬰兒，為何丈夫怕到無法下床，可能都是這些惡業的報應吧。只是丈夫雖然坦承外遇，卻不承認自己有錯。他不斷地說都是那些友人帶他去才這樣，他本來好好的，甚至責怪妻子不守婦道，儼然要保護以為自己在外面還乾淨的形象。

#好標準的甩鍋程序不知道哪裡學的

#大概是最近的哪些公眾人物ㄅ
#造口業

聽到這種 **#都是 they 的錯**的言論我就有點想中離，而且我們不能處理。但妻子哀求我母親有沒有得解，我母親無論如何解釋都沒辦法說服她，於是瘋狂打電話給我，讓我請教師父意見。

在電話那頭的妻子說：「他這樣也很可憐啊，好好的人都被搞成這樣，我不在乎他那些事情，只想好好讓他恢復正常。」

我轉述整理師父意見，回問：「請問妳丈夫知道實情，並且想要處理嗎？」

「沒有，他就死不認啊，難道說不能先處理嗎？」妻子有些埋怨。

我稍微深呼吸平復自己的情緒，說：

「我這樣說好了，雖然現在是疫情關係才回臺灣，但倘若丈夫好了，回到他在中國的公司，請問是否還是有可能會重新上演那些荒誕事蹟？」

「這……」

「這個才是我們無法處理、師父不願的原因。他沒有對此感到任何虧欠過錯，而在未知的情況下讓事情化解，並沒有學到教訓，沒有醒悟。一旦好了回去中國，可能沒多久又會發生一樣的事情。」

「那我能怎麼做？人都要死了，我會心疼他啊！！！」

「師父說希望妳能回去轉達，讓他自己決定要不要面對跟處理。真的不好意

思，但我們不能擅自在沒有對方同意情況下幫忙，那樣我們反而在造業。」

結束通話後，妻子回去告訴丈夫這些資訊，毫不意外地他不接受並破口大罵，對妻子冷嘲熱諷各種「要不是」的推卸語句，更提不上對妻子有沒有虧欠了。

我母親還是有幫妻子辦理法事，但不是她先生，而是她個人的事務。沒多久過後，妻子認清事實後選擇離婚，現在身心過得比以前舒適健康。當然，我們也再沒聽過她提起那位丈夫了。

有一陣子常常出現一種狀況：事主來訪，但需要處理的當事人並非自己，而是家人親友，因為無法讓對方理解自身出了問題，只好無奈自己上門求援。

雖然知道來訪的大德們想讓當事人趕緊好起來的焦急心情，但無奈有很多資訊只有本人知道，或因隱私問題只能當面問當事人。

有些事主願意帶著當事人，但有些是：

「啊他就很好啊！以前都不會這樣，這種是卡陰吧？我想要恢復本來的他，讓我們好好生活就好啦！別的我不想說！」

在寫這篇文時，我苦惱於要用什麼詞彙形容這種人，因為「濫好人」不足以代表，後來看到某 YouTuber 討論「男友媽媽」這個主題，就決定用這個稱呼：**#媽寶媽**。

有些人會遇到奇怪的劫難或事件，而且重複不斷發生，有時候是反映自己過去

遇到但逃避掉的課題。

好比說，朋友克里的渣男經歷非常豐富，被害慘之餘還是發揮「媽寶媽」的特質包容男友。眾多親友不斷苦勸她要放生對方，但克里遲遲未有結論，讓人不禁懷疑她看男人的眼光。

不過其實她自己有察覺，自己是想在他們身上追尋被重視的感覺，也明白為何會發生與該離開，但花了近一年仍未脫離。直到今年面對情感課題，才終於脫離在渣男身上追尋妄想，也找到一位願意珍惜她的另一半。

#天天放閃不用錢

再講一個例子：一名事主XA在工作上太過安逸與怠惰學習，結果發生產業升級，技術跟不上被資遣，開始埋怨社會丟下他，而事主XA的伴侶一旁尷尬：

#伴侶養XA十多年沒被感謝過

#也是讓XA無法從癱軟狀態恢復的主因之一

#XA伴侶知道自己是媽寶媽才帶XA來的

當事人遇見的問題，在沒有意識到的情況下被「媽寶媽」處理掉，可能讓當事人自己有「我通過考驗了！」的錯覺，反而讓他氣焰增長，結果以後遇到同個情境摔得更痛、摔得難堪。

幫忙當事人的「媽寶媽」也不覺得自己的幫忙有問題，還苦苦哀求「他本來不是這樣的，請恢復本來的他」。

但這個時候我就想問：

「你想恢復的，究竟是本來真正的他，還是重回問題都還沒爆發，假裝大家都很好的時光？」

我們希望無論是事主、當事者、來者得知自身處境，了解雖然有些問題是外在帶來的，但自己也沒有好好認真面對該學習的事物，釐清自己的責任與劃清分野，避免再度發生。願意面對這些，我們才能夠介入、幫忙指引，與處理非本人的干擾，否則我們也不能擅自任意插手。

母親告訴我，我舅媽近期也發生了幻覺。幻覺出現的意象，大部分都是被虐打與跟言語羞辱，這也跟她以前對我的外婆，也就是她的婆婆曾做過的事情有雷同之處。

雖然討厭舅媽，但我母親被舅舅煩得受不了，於是在沒有告知、確認情況下，幫舅媽清除淨化。但只好了三天，幻覺再度出現，舅舅埋怨「拜神都沒用」、「不是說可以解決嗎？」，母親處理完三天也一直做夢到「自己在毆打外婆」這種不符合她經驗的故事，大概就知道，我們暫時幫不了了。

不過還是要提醒一下，我並不是要提倡「都是自己的問題」、「是我不夠努力」這種譴責受害者的觀念，而是希望大家理解自己應盡的事務責任，能夠負擔上限與認清他人有些考驗關卡，是他們自己要面對，而不是自己的。

「我有這個義務要幫他們擋，不這樣做他們會出事，我也會崩潰的！」

結果就是：親友過得太安逸成廢物，自己能者過勞倒下，還被親友罵「廢物」，然後發現自己已經不知道如何過生活了。

如我們 **#顛顛**與 **#度度**，有時候會怨恨自己人生中遭遇的欺凌與嘲笑，也有一度埋怨過沒有人珍惜過自己，覺得這個世界是一場爛遊戲；直到跟著母親與師父辦事，重新審視過去那些經歷，發現我從中學會了不少，像是學會辨認小人與珍惜貴人，明白有些人是必須要摔過一次才會成長，才會從小屁孩進化成社會人。

本來被稱「濫好人」還會暗自竊喜「被讚美」，後來真的體會到「隨意幫人害慘自己」這番道理真意。

看到很多人自責「自己不夠努力」，把對方的義務當成自己的責任，結果就是得不到感激也讓對方脫離現實。不是努力不夠，而是努力錯地方。人都得先讓自己好起來，才有餘力幫助他人，這並非自私，而是現實：我看過太多努力過頭的人倒下，還被他們救助的對象唾棄不負責任，被講「沒有那個能力就不要隨便答應」，然後繼續尋找下一個能夠讓他們糜爛的可憐人。

從這樣的處境跟人事物逃走不是可恥軟弱，而是理解到自己該負責什麼，對方該面對什麼，清楚自己該如何活得像個人，活得像自己。

#本集沒有業配

#不過我真推薦大家看看#無法成為野獸的我們

#新垣結衣美如畫但劇情是人間地獄

#也是最近很多事主的狀態
#所以真的要休息一下不然換我們爆炸
#精神情緒被轟炸的顛顛

各自的責任

「顛顛，你們有在接風水的工作嗎？」陶哥敲訊息問我。最近正在找房子租的他，不知為何有點不順。像是看到幾間不錯的物件馬上都被搶走；就算有約到房東，都很容易房東臨時有事取消看房。

之前陶哥還為此來找我問事，希望能夠給予尋找方向，能順利找到租屋處。但請示師父後沒有下文，只有交代「再等等」，讓轉達的我有些尷尬，慶幸陶哥能理解，只是連神明都沒有辦法幫忙，讓他有點無助。

所以看到訊息時，心想：「這時候敲訊息問風水，大概是找到了房子吧？」

不過還沒等到我問，陶哥接著傳的下一句，讓我臉色蒼白：

「那個，我爸出租的房子變凶宅了，顛顛你有在清理這個嗎？」

於是過了幾日的早上，我到了位於臺北市臨近山腳一帶的住宅區，與笑得有點尷尬的陶哥揮手招呼，便引領我進入大樓，走上目的地。

「不用擔心，事發當晚，警方已將大體帶走，之後聯絡遺物清潔公司來打掃，朋友介紹的僧侶團也唸經超度過。我還有給其他通靈人看過照片，確認沒有怪東

西，所以不會有太可怕的場面出現，不用擔心。」

「我還好，你看起來比較需要擔心。」陶哥聽到之後，才發現自己語速漸快，有些語無倫次。他從口袋拿出面紙，擦掉臉跟手臂上的冷汗，嘆了一口氣。

「雖然我知道事情很無奈啦，但我爸實在太誇張了。」

事情是這樣的：

大約在五年前，離婚及退休已久的陶爸，與年輕時在補習班帶過的女學生碰巧聯絡上，把自己名下其中一間房子，租給這位女學生。

但不知是陶爸獨身久了意亂情迷，還是被下咒魅惑，五年間竟沒跟女學生收過一毛錢房租，更誇張的是連租約都沒簽，不管是誰聽到都覺得嘖嘖稱奇，開始猜測他們倆的關係。

那時陶哥剛從日本碩士畢業回來臺灣，才發現陶爸幹了鳥事，不禁大吵一架，說他要住那間房子，請那位女學生搬離。

陶爸對此解釋：「她很可憐耶，沒有朋友也沒有家人，到處求情都找不到地方住，她不得已才來拜託我。如果我把她趕走了，我這樣還是人嗎？」

陶哥抱頭後仰，哀號一聲：「難怪媽要跟你離婚，我的天啊！這不是什麼與人相處要善良，還是什麼退一步海闊天空的做人道理！你沒收錢沒簽約，哪天她跑了或出事了，你要怎麼辦？」

「我就負責到底啊。」聽到自己爸爸這樣講的陶哥，大翻白眼拿了衣物行李就搬出去住，氣到這五年只跟陶爸電話聯絡，定時逼陶爸趕快叫她搬走。

直到一個月前的某個半夜，陶爸急急忙忙地打電話給陶哥：「欸兒子，怎麼辦，我打不通她的電話。」

「你終於想通了哦，那就直接去敲門，叫她滾出來，這樣就聯絡上了啊。」陶哥不悅地回應，把找房落空的脾氣發在陶爸身上。

「不是這個意思，幾個小時前我還在跟她通話，她說自己賠光了，找不到人幫她，她活不下去了，然後就掛斷，回撥幾次都沒撥通。兒子啊，我該怎麼辦？」

陶哥心裡跳出不祥預感，急忙叫陶爸坐車到租屋處，自己也立刻叫 Uber 趕過去。

兩人到現場打開公寓大門，跑上四樓，在租屋的門前站著幾個鄰居，似乎在議論些什麼。

鄰居看到陶爸陶哥他們，便立刻大喊：「欸！陶先生你來了！我們從晚上就一直聽到樓上有聲響撞來撞去，敲了門也都沒有回應，然後就突然沒聲音了。啊到底是怎麼回事，你的房客為什麼這麼吵啊？」

聽到這些，陶爸立刻拿出鑰匙衝進屋內，陶哥還沒來得及趕上，就聽到陶爸的慘叫聲，而他跟著衝進來，陶哥所擔心的事還是發生了。

聽到這裡的我，出聲打住陶哥講下去，問道：「所以，是自縊嗎？」

陶哥有些無力地點頭：「我看到天花板有一條繩子就立刻轉頭不去看，結果一瞥眼看到地上幾攤小塊的乾血，我真的是差點就暈倒在地了。」

「你很不好受吧，你現在還滿混亂，被嚇到的恐懼感還沒淡去——」

「我早就叫我爸要保凶宅險了！講了好幾次都不聽！這樣物件很麻煩耶！賣掉跟出租的手續費跟價格都不理想，最後只能我住這間屋子，看著屋況想到要清理，我的天啊啊啊啊啊啊——」

我看著本來要安慰的陶哥，靠在牆壁上悶頭低聲崩潰，我才想起來他的工作是做房產相關的。

#崩潰的地方有點微妙的黑色幽默

#雖然那個也是崩潰的點沒錯啦

而在事發之後，陶爸貌似沒有受到太多影響。雖然還是有送醫住院幾天，但我看見屋內的他，那個不像第一發現者、故作輕鬆的神情，更加顯得違和。

陶哥介紹我：「爸，這就是我說的那位家裡拜濟公師父，有在辦法會跟看風水的朋友。」

陶爸聽到後，頭轉向我笑了笑：「啊，小師父您好，謝謝你來幫忙整理風水。」

「比較算是堪陰宅跟收煞氣啦……」我一邊尷尬回應，一邊準備法器，奉請師父前來，準備勘察屋內狀況。

按師父所言，自縊過程中所產生的「煞」最為凶狠，若不小心瞥見的案發現場

或相關器具，很容易中煞失神，或是被當時留下的情緒給影響，會有突然想找器具傷害自己的狀況發生。

然而令人意外的是，除了在書桌、床鋪、沙發等處有些觸目驚心的血跡外，整體氣場並沒有預期中的嚴重。

我走向臥室巡了一遍，裡面也只有幾處有比較濃厚的陰煞，梁柱跟床鋪幾乎沒有遺留亡者當事人的思念與氣息，甚至連隱約的身影都有點淡薄。

我以為是師父替我遮擋，但接到師父的訊息讓我有些懷疑，我嘗試唸出來確認意思：「因果業力已結，已帶往應去之處並無怨念留下。」

將房子整理、法器收拾完畢後，我向陶爸轉達師父的意思：「祂老人家說，陶先生沒有做錯什麼，你那晚接起她的電話，你覺得那些像造口業的回應，只是把對方應當承受的業，還給她自己而已。」

陶爸聽到這些，本來站得直挺挺的身子跌坐在身後的沙發，像是卸下重擔一般地低頭啜泣，讓我有些慌張。

在旁的陶哥告訴我，他跟陶爸整理的這位女學生的狀況：

這位女學生從高中畢業，離開補習班大概有十多年不見，突然找上陶爸尋求租屋，陶爸說他那時像是被一團氣籠罩，有種失了魂的感覺，意識很不清晰。當他清醒過來時，女學生就已經把家當都搬進去入住了。

女學生的工作似乎是幫人操盤投資，理應不會沒錢付房租。而陶爸也在回到這

間房子收信後，無意在信件裡看到一些資料，推算出她的收入。

想了一陣子，陶爸決定，還是得跟她好好談房租跟契約的事。

只是每當陶爸嘗試要求，她往往就會發瘋，歇斯底里地尖叫說「連你都這樣，老師你是不是想害死我！」之類的瘋話。沒碰過這種場面的陶爸只能愣住呆掉，默默地收回要求，深怕她真的會想不開做出可怕的事情。

只是這樣就算了，有時候半夜還會被電話聲吵醒，用上述那樣的狀態，不斷向陶爸哭天喊地，希望能借些小錢給她。長期下來精神衰弱，陶爸有幾次真的不小心匯了一些錢給她，演變成「房東反被房客威脅勒索」的詭誕局面。

陶哥有些憤憤不平地說：「我後來有調查一些資料，這個女人其實到處跟朋友說要合作投資，讓她操盤。跟她要回時，就會有一堆理由跟話術，拖了幾個月都拿不到紅利，本金也收回得很勉強，當然沒有人想跟她往來，最後就找上我爸了。」

回到事發當晚，陶爸最後跟女學生的電話中，她發瘋似地罵陶爸不救她，必須要借給她一百萬，不然她就真的會死等等……這五年重複好幾次的瘋話，陶爸都已經聽到累了。

那時，陶爸的口舌像是有自我意識，自己動了起來，對另一側的她吐露最後的話語：

「妳難道沒發現妳現在這般悲慘的人生，是妳自己造成的嗎？妳說出的承諾，連一次都沒有履行，對別人卻理所當然地追討，怪罪別人不夠包容，怪罪親友為何

怨恨妳，卻未能反求諸己。我已經無力幫妳，妳要走就走吧。」

話音一落，通話的另一側頓時無聲，接著陶爸聽到手機掉到地上的聲音，然後就各種哀號尖叫，最後應該是踩到手機而掛斷。

其實陶爸根本不知道自己怎麼會說出這些話，原先非常後悔，但腦中一個身影浮出，告訴他一些事，默默就冷靜下來，接受這個現實。

我忽見那個身影，詢問了陶哥家裡拜什麼神明。

聽到答案時，我解明了困惑，鬆了一口氣：「果然是地藏啊。」

「什麼意思？」

「沒有，但地藏將她帶到該去的地方，確定她離開這間房子，也確定你們遠離她了。」

「她不會怨我嗎？」

「那些是你的真心話，她沒什麼好怨恨的。」

#此篇為三年前的故事並非現在

#那陣子連續好幾個凶宅案件出現讓我也差點精神衰弱

#陶哥住了三年回報都ＯＫ正常才敢寫

#願他們都能從陰霾離去

#也願那位逝者能好好被菩薩們接去適合的地方

無法降駕的玄天乩身

「呃，媽媽，妳說他是玄天上帝的乩身？那他們怎麼會來找我們問事？」

我一開始聽到這件事情覺得有點荒唐，再問了我媽一遍，確認我是否聽錯。

「因為他突然沒辦法降駕，也問不到。」我媽在 Line 另外一頭無奈表示。

二〇二〇年四月左右，因某位客人介紹，從臺中來了一家人來問事，其中主要需要處理問題的是爸爸J，他是玄天上帝的乩身。

J並非一開始就是乩身，大約二〇一四年左右，女兒出車禍有生命危險，雖然後續搶救讓生命跡象穩定下來，但醫生表示「就算救活也很難醒來」。J焦慮難耐之下，突然受到神明感召，經詢問後發現是上帝公，他便藉機發願：「若能救我女兒，我願意幫上帝公辦事。」

過沒幾日，女兒奇蹟似醒來，說是看到一位黑面男性來叫醒她，上帝公真的顯靈。J為了履行承諾，開始成為玄天上帝的乩身，從松柏嶺受天宮接迎香火，在臺中的住家中開壇辦事，固定時日開放給一般人前來，透過降駕幫助信眾。

只是有一天，J突然感受不到上帝公的聲音，也無法降駕；與家人前往松柏嶺

受天宮詢問發生何事時，只知上帝公很生氣，但不知因何事生氣。兩個月後，J的身體出大事，緊急送醫檢查出咽喉癌四期，但他沒多久之前才做了全身健康檢查，都沒有檢查到任何癌細胞。

一個月內開刀數次才終於安定下來，J說他以前聲音並非這麼輕柔，是因為開刀割掉部分咽喉才這樣。

「我不解的是，我知道自己的業障與債主很重，所以我願意做功德幫助眾人，但上帝公為何如此待我？」J誠懇地詢問。

我母親當時有幫他們處理一些事情，也有獲得改善，但我總覺得問題好像還是沒解決。而那一陣子，我正好經常前往蘆洲受玄宮拜訪玄天上帝。因為知道這座宮與受天宮有淵源，也藉此詢問上帝公是否認識這位J、是否知道發生什麼事情。

才剛報完名字跟他的資料後，上帝公明顯動怒，有些嚇到我。我恭敬執筊詢問：「是否他當時與您下的承諾、提醒該做的事情後，都未能做到？」

上帝公用三個鏗鏘有力的聖筊回應。

不過因為從J那裡得到的資訊並不多，我問師父也沒有多說細節，只回了我「現在無法處理」，而後也因為他們確實無事，J的身體慢慢好轉，我對這件事情的疑問就先暫時擱置。

一年後，今年的四月，我媽說：「我把你的Line轉給那位J，他現在很緊急。」

我才剛接起陌生名字的通話，就聽到J有氣無力的聲音說，他去了急診，咽喉癌又惡化。

他對我無奈地說：「小師父，到底發生什麼事情，我真的搞不懂。」

師父跟我說了一些事情，我回應：「我先請師父過去幫忙看顧師兄您的身體，我這星期下去一趟，看看師兄家中與壇是否發生什麼事。」

當時我恰好走訪蘆洲受玄宮及松柏嶺受天宮請示，與上帝公承諾要請神尊入壇，上帝公也說要我去幫忙點醒一下J。而那陣子我也真的感受到上帝公來了之後的轉變，像是某一類型的事主變得很多……不過這個有機會再好好談。

#這也是為什麼最近發文變得很慢

#請上帝公讓我好好休假

#師父表示你自己要承擔QQ

但也因為這樣，我有點無奈地感受到「上帝公究竟在氣什麼」……

幾天後，我跟度度前往臺中。

到了J家的透天厝，空間劃分是一樓大廳為壇，壇後方才是客廳。壇看起來似乎正常，但其實很明顯出了一些狀況。我們到了後方客廳坐下跟J對談，以釐清一些我從上帝公得來的資訊是否正確。

我問：「師兄不好意思，我想請問你在出事前，大概都怎麼辦事？」

J回應：「啊，就辦事啊，我覺得善心善報幫人就好。」

我：「那個，我從您相關的親朋好友聽到，好像從三、四年前開始，你就到某一個宮壇道場，幫那裡的宮主辦事。」

「是的。」

「那師兄您這裡……多久沒開壇了？」

J說：「這個嘛，反正都一樣是做功德，在我這裡跟在他那邊，都一樣是信眾，一樣是神明想幫忙的人嘛，所以我就覺得沒關係……」

「沒有，請師兄告訴我，你有多久沒在你自己的壇裡辦事？」

我認真地盯著他，要求他回答。

J有點不好意思地說：「呃……大概就三年前，到那個道場之後吧。」

啊啊啊啊啊啊啊！！！！！！

果然啊啊啊啊啊啊！！！！！！！

上帝公在氣這個啊啊啊啊！！！！！！！！！

這邊重新跟大家梳理一下事情經過：

J有幾位遠房親戚，長期跟我媽有一些來往與幫忙，其中一位比較年輕的女性跟我聯繫比較密切，也是將我們介紹給J的事主，這裡稱她為R。

大概六、七年前，R的家族因為某種因緣，跟某個主祀九天玄女的道場長期聯繫，但也因為去了道場，他們的體質越來越敏感，搞到上下三代都有通靈體質，連伴侶、配偶都有類似的徵兆。

要不是我親眼見到R的家人，證實他們全家二十人以上都能夠看到與感應，以及聽聞他們家發生了什麼事情，除了覺得荒唐，還會懷疑是不是有什麼節目劇組在旁邊設景跟拍，會突然跳出來說「整人大成功！」之類的（才沒有）。

我這次前往J家，也是經由R的牽線才成功。不然之前我媽說要去一趟都被J給婉拒掉。而R家的事情也是在此行一併處理，不過礙於篇幅，R家跟九天道場的事情會在下一篇提到，這邊先回到J身上。

這個九天玄女的道場，就是J在上述親戚的引薦下前去辦事的道場。

從三年前開始，J就開始幫宮主問事辦事，而他自己的壇就這樣放著。

我們剛到，還沒走入門時，就看見懸掛的玄天上帝黑令旗已經破損到快看不到本來的樣貌，上面的字也都快消失。雖然壇裡很乾淨整潔，但那個乾淨也能看得出來，是因為很少被動過，連筊都沒什麼撞損痕跡。

另外一點是，J是將身體交給神尊的「武乩」，降駕後才能被允許辦事。雖然他也有學習一些儀式道法，但那也是在玄天上帝允許下才能夠使用。

但J在沒降駕的情況下定時去九天宮主那邊幫信眾收驚除穢，多半也是因為在那邊耗損太大，便想說「一樣都是幫人，玄天應該不會介意吧」，最後連定時點香跟每日功課都省下，已經忘了自身多久沒有降駕。

才會連上帝公的怒斥都當作沒有聽見。

濟公師父在旁邊說，如果祂看到我做這種事，會直接抓住我的頭扭一下，看會

不會扭得正常一點。

我向J問：「那宮主在幹麼？」

「宮主就說給我辦比較安心，他就是把前來的信眾交給我處理。」J如此回應。

「他的宮有掛你的名嗎？」

「沒有。」

「他在宣道時會提到你嗎？」

「好像沒有……」

J講了一些內情，他其實知道自己在逃避玄天上帝的修行和交付的任務，便順理成章放著自己該做的事情不做，看見有人請求拜託，就去做別人應該要面對的工作，然後讓別人拿著他的功勞宣稱自己神威……

這完全是典型慣老闆和社畜工具人的現代社會地獄景色吧？

這種「把這件事外包給別人處理，讓自己花錢了事，不用面對跟繼續去想」的想法，因為到頭來還是不知道問題出在哪裡，也不知道怎麼出現，即使處理掉這件事情但沒釐清問題核心，對事主而言並不等於面對跟處理，未來還是會遇到同一個問題再度發生，而又回到原點。

我以自己的經驗和曾經遇到的狀況來看，每一位前來向我們求助的事主，他們身上的問題與面對的困境，其實也都是我們曾經面對過、或正在處理的課題。盡力幫事主們點出問題核心，應該如何面對處理，協助他們去克服跟跨越，幫助他們的

同時，也幫助我們認識這些萬象課題。

同理，J有自己要面對的事主與自身課題，那位九天道場的宮主也是。

J自己的壇已有三年未開，那些曾來求助的信眾未能獲得幫助，J也承認自己逃避玄天上帝給予的課題；而J幫九天宮主代表處理事情時，雖然有幫助到人，但這些本來應是這位宮主要面對的課題，不應該由J去處理。

更糟糕的是，宮主把J的功德攬在自己身上，以不實的名分宣揚自己的神威，將業的責任轉給了J。

雙方都沒有面對到問題所在，這不是什麼功成不居，而是越俎代庖，名實不符的問題。

#濃縮成一句話

#這跟找槍手考試差不多的道理

「可是我……」J似乎想要辯解，「玄天上帝叫我好好幫人，我在那邊幫忙，這不也是一種幫人嗎？」

「但師兄您之前有說，那些您曾經幫過的人，後續想找您卻找不到人，沒有辦法得到指引，發生了一些憾事。雖然有獲貴人協助，但您依舊是逃避不去面對他們的請求，這樣對他們是否有失公允？」

J這時候才沉默下來，好好沉思了一會。

因J身上還有一些事情，我在他們及上帝公同意下，稍微借用壇做了一些處

理。經由師父、上帝公的幫忙，J的思緒突然明亮起來，道：「上帝公要降駕，身上還有氣一些沒處理。」

J的家人幫忙旁邊拿起淨爐點香，看他站在玄天壇前低頭，本來有氣無力的聲音突然渾厚起來還講起古話，這好像也是我第一次看到降駕過程。過程難以描述但可以真切感受到，那是上帝公在說話。

雖然聽不太懂，但我感覺句句都是對J的嚴厲罵語以及教誨善言。

因為要跟J說話及做事太累，我坐在旁邊的椅子差點睡著，但最後似乎有感受到上帝公對我的感謝。但我內心只有想對祂說：

「我也很開心能幫上忙，但可以不要讓我這麼累嗎……」

#上帝公　#玄天上帝　#玄天乩身

#這個只不過是其中一段落

#那天在臺中發生的事情太多了救命

#現在確認J平安順遂才安心的顛顛

我對於R的事情，起初只有這樣的印象：

R的母親曾經因車禍入院，一度命危，雖然有順利脫離險境，卻持續昏迷不醒。R曾經多次拜訪各地宮廟，希望能遇到能幫助她喚醒母親的神明。她記不得何時何地，但曾在地藏王菩薩面前發願：「我希望自己有能力救母親。」

當日夜晚，她夢到自己走入地府，親手將母親帶回到人間。隔天一早，她就接到母親恢復意識的消息。

雖然家人們都很開心，但這次的事件似乎讓她產生容易被跟的體質。

好吧，用「容易被跟」這幾個字來描述可能不夠精確，但我一時之間也找不到更適合的詞彙，來形容我眼前，在R身上有幾百個遊魂的畫面。

形容起來有點可怕，幸好大多數只是迷路的人鬼。以祂們的角度來看，R可能就像開在馬路上的捷運列車，可以抓準機會跳上，到宮廟附近或指定地點後，再跳走離開。

「祂們不怕被甩下來嗎？」

「使用者付費但祂們付冥紙嗎？」

而先不論這些問題，這個數量對於R來說負擔實在過於龐大。肩膀酸痛是日常，更多是頭昏腦脹、只想倒在辦公桌上，也長期嚴重影響工作。還好跟她一起工作的丈夫能夠理解並體諒，不然還真的不知道要如何說明這種「職災」，何況要申訴。

我們無法介入發願造成的體質問題，因為這關係到跟神明之間的約定。不過R有提到，她似乎在救母之前就容易被好兄弟纏上，這趟進出地府，則是加劇這個狀況。

在清理完那些遊魂後，R突然想到什麼而跟我們說，臺中老家的人長期與一位師姊有聯絡往來。師姊平時也會協助她們家辦事與問事，在她母親剛清醒時，師姊曾經說過，是她們家神明出手幫助R下地府，所以要向祂還願……

#等等那位師姊該不會是何老師

「還願？」我問：「我記得妳當初是向地藏王菩薩祈願的，師姊供奉的也是祂嗎？」

「不是，她說是九天玄女……」

「妳那陣子有拜九天玄女，或有在夢中看到拂塵、葫蘆、七星劍、八卦鏡，還是有別的，有關祂的蹤影嗎？」

「只有看到地藏跟祂的坐騎而已。」

我思索一下說：「呃……這樣說有點不好意思，但這師姊攬功攬得有點誇張……」

R不小心噗哧笑出來，緩解有點緊張的情緒。

#還好供奉的神明不是慈孤觀音

#差點要唸出恭迎慈孤觀音度世靈顯四方

不只是R自身的問題，她臺北夫家與臺中娘家兩邊各自有麻煩事，因此經常來尋求我母親的協助。R夫家的事情在我母親協助下，順利暫告一段落。然而娘家方面，因為我遲遲無法找到時間南下臺中，以至於沒有進展。

一直至四月，我趁著南下解決玄天上帝乩身J的問題，也順路一同前去R的娘家處理。

上次稍微有提到，自從我們恭迎玄天上帝坐壇後，有一種事主類型的數量變多，也能很明顯地看到困擾他們的核心問題。

在他們來訪、我們詢問之前，這幾位事主都已先找過一些命理、靈學相關的老師或師兄師姊問事求助，可問題非但沒有解決，反而冒出更多麻煩。而在恐慌與不知所措下，他們只能聽從老師的意見盲目追隨。

而困住他們的，也是這些師兄師姊們。

事情要從十五、六年前開始。

那時R娘家常與臺中某道場聯絡感情，也會帶著R與其他幾位兄弟姊妹前往，

希望能夠保佑兒女，請求神尊收契。

在R的記憶中，那時候道場主要供奉地母娘娘與濟公師父。創立道場的師母十分和藹可親，也沒有特別要求R一家人必須做什麼，只表示：「有空的時候前來打坐就好，沒空也不勉強。」

與師母往來期間，家裡並沒有發生奇怪的事情，就這樣，他們安然度過十年的時光。

但在六年前，道場中一位師姊因為與師母意見不合，分成兩派人馬私下互鬥。經過一番爭吵後，他們決定要拆夥分家，師母也因為這次紛爭感到厭倦和疲累，不想再多管事，半退隱地離開了道場。

在這樣的情況下，茫然的R一家只能順勢跟了另外一派的領頭師姊。

師姊是一個氣勢有些強硬、並不很好相處的人。她選擇搬到和本家有些距離的新地點，建立新的道場與神壇，並且轉而供奉九天玄女，像是要跟舊道場劃清界線一樣。

到這裡後，師姊的行為這時候開始出現不對勁。

大部分時候，師姊降乩的對象都是九天玄女，偶爾是地母娘娘或臨水夫人。但是隨著時間推進，即使是平時尚未降乩時，她也開始會以「九天玄女」、「臨水夫人」等神明尊號自稱，並在信徒面前說出「聽本宮的話」這種莫名其妙且讓人不舒服的妄言。

稍微跟大家提醒一下：我們並不清楚是師姊本身心性修為還未到火候，還是新道場所在的地點有些問題（據聞去過的人都覺得周圍不是很乾淨），又或是在分家之前其實已受到影響。

只是事後再回頭來看，師姊這番行徑的詭異之處自然不言而喻。但對於處在當下的R一家人而言，他們的認知與思考像是被遮蔽一般，認為這是「常態」，好像沒有什麼不對勁。我想這也可能是教團吸收信徒，讓他們不自覺追求盲信的方式之一吧！

時間拉回到現在，處理完玄天上帝乩身的事情後，R載著我們前往娘家，我們一邊聊天一邊確認資訊。

然而就在抵達不久，R跟R的大姊剛跟我們詢問一些事情，大姊突然就接到電話，臉色瞬間慘白——她剛滿十八歲的女兒下課騎車前來的路上，出了嚴重的車禍，女兒傷勢嚴重，情況不太樂觀。

「對不起，雖然今天請你們來，但可能沒辦法處理了……」大姊忍住崩潰情緒，向我們致歉。但我總覺得哪裡不對勁，這個車禍不像是單純的人為疏失意外。

我當下無法確認，而大姊後續去了醫院了解情況，透過R轉述車禍發生的經過：大姊的女兒騎車時明明在等紅燈，卻突然發動從外側向左轉，切兩條內線，直接被正常行駛的對向汽車撞上。慶幸時速並非太快，但這種行駛方式，根本是被附身想要抓交替。

那時我還不知道實情，只是突然感受到師父的怒氣。師父簡短地跟我說：「開始傷人的，只得收。」

雖然在那個當下，親戚們大多決定先前往醫院探視傷勢，但我們還是拜託R，請她本人先留下來，讓我們把該處理的事情先處理完。

師父後來也向我們解釋，當時對方正是察覺到有危險才出手傷人，阻止我們辦事，希望可以藉此延後時間，好爭取控制R家人的力道吧。

R說，不知何時開始，她來神明廳都有一種非常沉重而窒悶的感覺，想要快點離開。R的家人也都是拜香完就下樓，沒有想要久留。

師父表示那是當然的，因為神明廳滿是藤蔓。

我們上樓來到神明廳，整間幾乎被類似藤蔓的東西給覆蓋住，而且還是非常多，層層疊疊、密密麻麻地交互堆疊，盤根錯節的畫面，光用看的就讓人不舒服。

師父說，那東西是類似山中精怪的存在，並以藤蔓的型態顯現。雖然力量不強，再生和傳播的能力卻很棘手，稍早幫忙玄天乩身的J處理時，也是同樣的狀況。

玄天上帝無奈表示，他們都被下咒，致使認知被遮蔽住、答應了師姊諸多條件。

就算知道自己身上發生了什麼奇怪的現象，仍無法察覺問題所在。好比說，旁人已經發現R一家從師姊那裡離開後都過得不太好，向他們說：「是不是師姊那裡

有問題？」

他們的第一反應都會是：「怎麼可能」、「她不會害我們」。

但越是強調「絕對」、「不可能」，往往都是答案。

而原本家族所供奉的神明，則因為師姊來R家中幫忙神明安座，在這幾年間被藏了起來。

由於當下現場太過奇幻，雖然有些受損，在神尊與同伴的幫忙下，玄天將精怪給收拾完畢，才暫告一段落。

師父說，無端害人性命者，無論無形還是修行者皆為禁忌，將其代價反彈回去即可。

事後聽到R說，那位師姊日前車禍，多處骨折，住院兩週才勉強能行走，心裡稍微不免擔憂：「呃，這個到底算不算反而害得危及性命啊……」

不過師姊倒是收起之前狂言妄語，也沒有自稱神尊，開始謹言慎行，去讀經講經了。

不知道是否恢復神智，還是偃旗息鼓，R與其他家人說，不舒服感紓解很多，有種「放下重擔」的感受。

至於協助安回神明時，所有人都能說出：「觀音回來了！」並望向我身後說：「感謝師父幫忙」，才發現全家二十三個人都能通靈這件事，又是另一個故事了……

#拖了現在才能好好寫出來

#R的家裡事情真的太多暫告一段落才能整理
#已經不多見的三界燈
#少了一盞沒補其實就在暗示些什麼
#今天終於有休假的顛顛

四妹招弟

四姊一弟1

「妳說妳有三個姊姊，該不會還有一個弟弟吧？」

雖然吳姊是來問丈夫的事情，中途談到姊姊們的結婚對象都和自己丈夫很像時，我不禁好奇，問了一下家族成員的狀況。

吳姊有些驚訝地說：「對啊！顛顛你怎麼知道？」

「妳談論先生惹出什麼麻煩事，理直氣壯要妳幫忙收拾善後，比起丈夫，聽起來更像是妳在抱怨妳爸或妳弟。」

聽完這句話的吳姊似乎明白了什麼，無奈苦笑了一聲：「他真的滿像我弟的。雖然不想承認，但家裡男人都那個鬼樣子，我看男人的眼光差也是理所當然。」

我急忙解釋：「我沒有要責怪妳的意思。雖然妳不想觸碰原生家庭，今天重點也不在此，但我已經不是第一次碰到妳這種情況，可能要回到原生家庭裡，從妳的父母身上找到原因。」

「我的這個情況？容易愛上軟爛男嗎？」

「不是，是家中執著生男要傳香火，而連續生女的這個現象。」

對排行老四的吳姊來說，三個姊姊就是三個媽媽。

吳姊脾氣天生就不太好，只要聽到姊姊們開始對她的碎念，常常一時忍不住，氣話就衝出來。冷戰好幾天，用漠視來報仇是吳家姊妹的日常。不過雖然經常吵架，但對於吳姊來說，「家人」也就只有姊姊們。

畢竟在吳家，從阿公阿嬤、爸爸叔叔、媽媽阿姨，長輩們只關心「誰生了男孩」、「吳家的長孫在哪裡」。跟吳姊同輩十幾個小孩裡，唯一被關心的人，就只有吳姊小三歲的弟弟。

在長輩的眼中，其他女兒的出生，都只是為了生到這個弟弟的「副產品」，她們理所當然也應該要去照顧吳弟，而被忘記也只是小孩子。

吳姊沒什麼舒心的童年。除了下課後要趕去打工外，最有印象就是與姊姊輪流當「母親」照顧弟弟。弟弟做錯任何事情，無關對錯，爸媽都會把責任丟在姊妹頭上。

「妳們做姊姊的，怎麼管不好弟弟？」

「妳看其他姊姊都沒抱怨，就妳意見最多。」

「快點嫁出去也好啦，掃一掃錢就會進來了。」

在外頭住了二十幾年，這幾句話偶爾還是會入吳姊的夢，讓她驚醒後難以入

眠，只能盤坐在床上用手抱著雙腳，不停思考一些事情。

吳姊說：「當我看到弟弟出生，我心裡不知為何冒出一個想法：『吳家大概無後了』。」

吳家大概也是從弟弟出生那刻起，宣告福澤用盡，厄運來臨。

阿公跟會幾十年，突然被倒會幾千萬；爸爸投資失利、阿嬤突然心肌梗塞離世，原先還算富有的家境，變成每日都得與債務伴眠的地獄。

吳姊從高一開始就打工存錢，除了想要考大學脫離家裡，還要想盡辦法藏錢，避免被家裡徵收。其他姊姊也是同樣情形，唯獨弟弟大學重念加總快七年，都還不用擔心家中經濟。他只要跟爸爸哭窮，總有辦法從家裡或吳姊身上掏到一點。

那種頤指氣使的模樣讓吳姊覺得，自己不是人，是弟弟的錢包。

追究肇因，包含祖父母、爸媽等人都沒有發現是他們自己把弟弟養壞了。

爸爸過分寵溺弟弟，聽到弟弟沒錢，稍微唸幾句就順手把錢塞到弟弟口袋，也沒想過那些錢也包含吳姊她們賺的；當姊妹想講話，爸爸總是嗔怒對待，時常噴出「賠錢貨」，用言語刺成心裡的舊傷。

媽媽則是冷漠看待一切，對女兒冷冷地嘲諷：「不要唸高中去找技職，學可以賺錢的技能，幫助家裡生計，如果在那裡抱怨可以賺錢，妳們大概是臺灣首富了吧。」

然後沒有再更多的對話互動。

雖然姊妹們會安慰彼此，但總覺得自己是家裡「多餘的人」，只想忍著等待到適合對象，以嫁出去的名義逃離。

「不過後來才知道，那是媽媽的氣話，要讓我們看著弟弟的樣子做為警惕。」

媽媽其實不是刻意對女兒們無情，只是暗中忍耐許久，在計畫某些事情。待債務還清，女兒們接續離開，媽媽就拿著爸爸與小三走在一起的照片，以及不知從何到手的文字對話和錄音檔，冷靜地敘述離婚條件，要求合意離婚與贍養費。

吳姊也不知道這件事後來怎麼收尾，但離開夫家的媽媽，比以前開朗與好溝通，她們也持續釐清小時候發生的事情，關係正在修復中。

至於弟弟，已經被爸爸養成無法溝通、沒有求生技能的米蟲，整天在外借錢闖禍，無法工作只能虛耗，就讓阿公跟爸爸承擔自己栽培出來的生物吧。

只是離開歸離開，媽媽與女兒的心結依舊難解。尤其發現四姊妹的對象都跟自己弟弟性格相似時，再一次喚醒討人厭的記憶。

吳姊嗤笑了一聲：「本來覺得自己眼光還算不錯，等到結婚後才發現只是長得比較帥的弟弟，有種老天爺真的很愛開玩笑的感覺。」

「嘛，至少妳老公還算受教，妳罵了他還是會聽。但生小孩真的要再三考慮，看了一下妳的盤，很有可能會變成兩個小孩把妳逼瘋。」

「感謝你這句話，我放棄生小孩了。我威脅公婆說，生下來就丟給你們顧，剩

下的我不管。」

吳姊大笑的同時，情緒也舒緩許多，把陳年往事整理一番後，師父指引與建議她如何與丈夫相處，避免發生與過去家庭陰影重疊的傷痛。

她離開的時候，步伐比來之前輕鬆，也踏實有力多了。

我沒有仔細數過，不過「多女一男」這樣的組合，到目前為止我少說碰過二十幾組。其中「四女一男」的組合是最常見，常見到有點可怕的地步。

各位大概都能想像到，這樣的情況多半受到傳統重男輕女的觀念——必須要生到一個兒子繼承姓氏牌位、傳承香火，否則就是對祖先不孝，自己死後也會沒人祭祀成孤魂野鬼。

當生男的執著過深，到生出唯一的男丁時，家族運勢通常都會下滑極快。

兒子被過度關注寵溺，沒有經歷過挫折與成長，常常不是早夭就是走偏，好賭讓世代累積的錢財一夕之間散盡；而女性扛起一切家務經濟卻不受重視，備受父親欺凌與母親冷漠忽視，逃出家後，選擇的丈夫卻也跟家中男性相似，二度折磨自己。

當家族連續生女無子，可能是某種警告，或許是因為過去家族內曾對女性不當對待、甚至壓迫，死後有冤未解所致。

不過這樣的詛咒，其實也可以當作一個機會：要繼續緊握「男性才能繼承香

火」的執念，把兒子慣壞，任由其毀壞家族名譽；還是不因性別有所偏見，平等對待兒女，當成互信相愛的家人。

我目前見過幾個女性當家的案例，自己立純女性的公媽牌反而家運昌隆，也可能說明所謂「傳統觀念」只是某些人眼見的極限，並非無法改變的習俗。

接下來我也會以「四姊一弟」這個情境組合，講一些這樣的家庭故事，藉此把某些事主的經歷好好寫出來，希望能夠讓一些身處類似情境的人們，有一點力量掙脫。

#女兒不是生兒子的副產物

#願每位都能活得自由自在

二姊身後

四姊一弟2

阿凱是到了媽媽癌症離世，整理遺物才發現小時候認的乾媽，其實是媽媽的女朋友。

凱媽年紀並不大，五十六歲就被診斷胰臟癌、肺癌、肝癌，入院治療一個多月後就在病床上結束她的人生。

幾個月前，阿凱跟他兩個妹妹慌張不得了，但媽媽傳達這個消息時候只有笑笑，似乎連害怕死亡、擔心小孩的動作情緒都沒有，反倒讓阿凱更在意。

阿凱不禁對他媽說：「媽，妳不擔心妳的身體，妹妹她們很擔心啊，妳看起來也太順其自然了吧！」

聽到這些的媽媽，只有露出「你們也太大驚小怪了吧」的表情，說道：「我這條命能活到現在就該偷笑啦！我又沒有重要到你們要擔心成這樣，反正你爸早就走了，我反而還覺得能從這個地方解脫了咧！」

阿凱有些不敢置信地大叫：「媽妳到底在說什麼！我不能理解！」媽媽一樣只有笑著，叫他們不用管，直到離世前也還是沒留下什麼遺言，似乎顯得太過沒有感情。只是整理遺物時，阿凱發現媽媽有一個小箱子沒打開卻也沒上鎖，才發現裡面有一些照片。

跟離世前憔悴的樣貌完全不同，媽媽跟一位女性站在一起，牽著手笑著看鏡頭，阿凱直覺這個瞬間，應該是媽媽最開心的時候了。仔細一看，那旁邊女性雖然髮型不同，但不就是常常來家裡作客，直到現在還有聯絡的乾媽嗎？

阿凱衝動打電話過去詢問，沒通兩聲就被接起來。乾媽彷彿就知道他會打過來，問：「阿凱嗎？你找到你媽的東西了嗎？」

乾媽說，她跟阿凱媽國中就認識，高職也唸同一間學校專科，畢業工作、假日出門都是一起，那時候可能以為這就是所謂的姊妹情誼吧。直到知道阿凱媽去相親、準備要結婚的時候，才明瞭心裡那番不確定的情感及衝動，發現自己就是旁人說的「拉子」、「女同志」。

「那是妳自己覺得，我才不是。」阿凱媽丟出這句話戳傷了她，但最後離別前，卻又主動親了她的唇，讓她帶著極為複雜的痛苦看著她跑掉。

乾媽有點挖苦說：「當你媽說她生了一個兒子，問我要不要當乾媽的時候，我想說這是在故意傷我說因為個性、外形都太難找到男生結婚，註定沒後代，只好去認她的小孩嗎？」

阿凱有些不好意思：「對不起，我媽的嘴好像就是這麼令人不爽。」

「不過你媽真的有夠頑固、講不通又悶騷，她後來只是簡短地講，希望能用這種方式和我繼續保持聯繫，她希望至少有一個小小藉口能維持我們的關係吧。」乾媽說。

聽到這裡的阿凱不解地問：「我爸其實在我高中就走了，我媽也沒有改嫁，但也沒有找妳過來。我記得我們住在阿公家，住到妹妹都大學畢業搬出去租屋，我也才認識乾媽妳，但妳也沒有跟我媽住一起啊？」

乾媽有些驚訝地問：「你不排斥嗎？」

「我排斥幹麼，我媽幫我爸處理一屁股債務，被阿公虐待、被姑姑冷嘲熱諷，她又沒什麼朋友，如果我早知道一定會叫妳搬過來，強迫妳好好照顧我媽！」

乾媽有些害羞、不知所措，但無奈地說：「我當然提過，但你媽卻只對我說了一句話。」

阿凱問：「說了什麼？」

乾媽說：「她說她已經不知道怎麼跟我生活了，她不知道別的生活方式，也不能想像帶著三個小孩來找我之後會怎麼樣，所以我最終還是沒能要求成功。只是她有跟我說，希望她的孩子可以做自己。」

「……難怪我跟她出櫃的時候只有大笑，但也沒說什麼，只是感覺我跟我媽隔閡少了很多。」

「有次她跟我分享，兒子看男人的眼光真的不行，帶回來的都不會看氣氛，講話沒大沒小，一看就知道會分手，我就說『啊不都跟妳學的』。」

「乾媽！！！！！！！」

阿凱跟我分享這段往事的時候，乾媽已經跟他們同住了。不過與其說媽媽，她更像經驗老到的大姊，而兩個妹妹也不覺得尷尬，反而會互相討論彼此的交往經驗。有的時候阿凱反而像是被排擠的那一個。

我突然想到，對他說：「啊對吼，你兩個妹妹也喜歡女生，真的是一門忠烈。」阿凱說：「不過我覺得是好事，爸爸那裡就算了，他們是一群沒必要接觸的自私鬼。媽媽的靈骨塔也買在娘家附近，應該算是有達成我媽的希望吧。」

雖然阿凱也有想過「回去老家見姑姑集體出櫃逼瘋他們」，但後來想想就算了，不想在意他們，自己看著該追尋的人事物就好。能夠讓自己活得好，就是媽媽的願望了。

#願每位都能有自己的方向

四姊一弟3

鄭媽跟我母親已經是十年以上的好友了，開始辦事後也很常與她碰面。

鄭媽穿著隨興、一頭散髮，看起來容易受驚慌張，有時候會忘記她其實名下有多棟房產，是一手經營夫家企業的女強人。

鄭媽跟她的另外三個姊妹都嫁得不錯，就算不是豪門，好歹也是地方小有名氣的世家。尤其鄭媽工作能力強勁，除了讓公婆信任，將部分家族產業交給她管理，還能幫自己的姊妹看投資、操盤，想未來出路。雖然排行老三，但所有人都覺得鄭媽比較像老大。

只是鄭媽情緒起伏大，對人常常發脾氣，又很容易低落陷入負面情緒，碰到鄭媽就跟碰到地雷差不多。過了好一陣子才知道，造成她這個狀況的，是夫家的問題。

鄭媽四姊妹並無兄弟，但鄭媽跟她媽媽有聊到，起初媽媽是想要生出男生為止，但身體無法負荷，加上找人算命說要到第七個才會有男丁，於是作罷。

本想說可以逃過「執著男性香火」的詛咒，不過回頭來看，鄭媽跟她姊妹的丈夫和婆婆，說是冤親債主也不為過。

十年前，我母親在幫鄭媽看命盤，看出她丈夫在中國養女人，挪用自家企業公帳，並以投資跟考察等名義轉至對方的戶頭。我母親就大剌剌地講：「妳老公在大陸搞女人，不知道搞大多少肚子啦！！！妳都不知道被騙多久！！！」

#只要帶人去找我媽我都會先跟對方說

#我媽講話很直請小心心臟

#我很常被我媽的用詞嚇到

鄭媽從大罵我媽亂說黑白講，到後來拿著我媽給的時間跟線索去查，還真的查到丈夫手機裡的鹹溼語音訊息，和奇怪的匯款金額時間才不得不信。礙於兩個孩子年紀仍小，我母親勸她先忍下，因此就算鄭媽揭發老公外遇，也只能暫緩無視。

直到這兩年，她終於狠下心瘋狂蒐證，準備要打離婚官司。

由於疫情爆發，鄭媽的老公沒辦法拿考察當藉口去中國，只能悶在臺灣。丈夫常年把公司丟給鄭媽管理，根本無心在工作上，時不時還會打兒子出氣。手機裡的家暴影片只是冰山一角，鄭媽才狠下心來要徵信蒐證，把這個爛帳清一清。

鄭媽認真起來的爆發力極為驚人。除了照片外，她不知哪裡取得幾百通電話紀

錄、匯款紀錄、家暴自己跟小孩的影片跟驗傷單，但她還是擔心證據不足以提告。

委任律師旁看著這些龐大的檔案時，只默默回說：「……不用這麼多，請妳從這些錄音檔中挑二十個，寫五分鐘逐字稿，記錄一下就好了。」

但縱使鄭媽狠下心，遇到婆婆與自己的媽媽嚴厲反對時，心中還是難以言喻。

「妳做媳婦怎麼可以這樣對待妳老公？」

「妳有必要把場面搞那麼難堪嗎？」

「以後妳兒子跟女兒怎麼看妳？」

「妳進到這個家三十年，只想著要分財產嗎？」

「嫁夫從夫，夫死從子」的觀念根深柢固，並從婆婆和媽媽傳承至鄭媽身上，這是鄭媽這幾年間所遭遇的痛苦，也是為何難以下定決心離婚之故。

老實說，婆婆跟鄭媽的處境滿相似的。

丈夫沒能力又愛面子，即使知道家中經濟都是靠女性撐起，卻不允許婆婆對外頭說自己「沒賺錢靠女人」；婆婆努力賺錢，對丈夫是放棄，忍到他過世的那一天；對兒子是放任寵溺，只想要給他最好的，最好能夠當兒子永遠的媽媽，兒子有問題都是媳婦的錯。

鄭媽不禁吐苦水：「最好婆婆不知道她的丈夫跟兒子是什麼德行，經營公司三十年，連財務報表都不會看！」

至此，我們盡可能幫鄭媽找出原因，終究卡在婆婆與媳婦之間的心結。

鄭媽其他姊妹也正面臨這樣的處境，離婚的事情也只能暫時擱置一旁。

上述是二〇二〇年的事情，待事情有所轉機時是二〇二一年，在婆婆癌末過世之後，鄭媽在守靈與自己的夢裡，與婆婆和解。

婆婆逝世後，鄭媽理所當然負責喪禮的一切，包含丈夫在內的三個兒子，雖說知道要來，卻又只是來了一下就走，對於自己的媽媽不聞不問。

鄭媽不想回家，在禮堂幫忙唸經，過程中越唸越氣，越想哭：「妳的兒子都這樣對妳，難道妳還沒醒悟嗎？」當晚，鄭媽夢到了婆婆來到夢裡，一臉愧疚地表示抱歉，也理解鄭媽這幾十年的辛苦。

鄭媽說：「夢裡我們說了什麼，已經記不得，只是舒心地談了談話。」

從那天開始不知為何，鄭媽的丈夫臉色再怎麼難看，看到鄭媽都會變得很驚恐，並會馬上故作鎮定地跟鄭媽談話。只是鄭媽也下定決心，聯絡律師送出訴狀，其他姊妹也受到鼓舞，不想繼續這場困住自己的婚姻裡。

「就算被自己媽媽說不孝也好，但我們不想要被這種男人繼續壓著一輩子。」

鄭媽其他的姊妹前來問事有提到，媽媽對女兒充滿了虧欠，覺得自己嫁得很好，為何自己的女兒嫁人都是在受苦，什麼都不知道就罵了不孝，不知怎麼地很愧對祖先。

鄭媽笑著回應：「沒關係啦，我們姊妹跟媽一起生活，也還有小孩會拜我們，大不了我們弄個女性神主牌，用不著那些男人！」

鄭媽還是有點咄咄逼人，但至少笑的時候是真誠地笑了，也不再刻意染黑去假裝自己過得很好，雖然一頭白髮但整個人清爽許多。

只是鄭媽一句：「小師父，還有兒子女兒，跟其他事情要拜託你呢！」

嗯，好，還有很多事情。（苦笑）

對此情形，大概有人會有這樣的怨懟：「明明知道家中男性敗家不成材，為何女人常常當受罪的那個？」

我也只能無奈回應：「最常為難媳婦的，也都是婆婆啊。」

父權意識潛藏在家庭想像許久，男賺女賠的邏輯難以跳脫，若不去特別指出這個問題，很多婆婆、媽媽自己也不覺得自己在壓迫女兒。就算死後可能也會成為祖先，將這個價值觀加諸在後代上。

但也有像鄭媽這樣的例子，婆婆身後與媳婦和解，雖然有些晚，至少能夠不把她們那個世代的觀念傳承下去，放過彼此。

#像是婆婆強迫媳婦坐月子喝六碗豬肝湯

#那真的是婆婆有病莫牽拖

#四個不同意　#替媽出口氣

#每個媽媽都在等一個夢裡道歉

#身為男性我很抱歉的顛顛

生男無後

四姊一弟4

宇仔有四個姊姊，不過有時候會變成四個媽媽。

忘記從什麼時候開始，宇仔固定會跟姊姊們每週一次見面吃飯，從十多歲到現在三十幾歲，已經著手準備自己的婚禮，宇仔這個習慣仍然沒有停下。

但是習慣不代表心甘情願接受，每次見面吃飯，姊姊們會不斷輪流「慰問」宇仔，包含工作情況、心理健康、人際關係……宇仔剛開始還會想好幾種應對方式，有幾次成功敷衍過去，只是最終逃不過姊姊們的輪番問答攻勢及可怕的推理，被逼出姊姊們想聽，但弟弟不想讓他們知道的事情。

大姊：「什麼你又換男朋友了！！！上一個明明很好，你為什麼要放生他！！！」

二姊：「你這個工作狀況我怎麼聽起來不太對，你說老闆脾氣很硬又固執，但我覺得好像是你不想溝通不想改。」

三姊：「雖然你薪水很多可是都亂花，你又不肯交給別人投資理財，那跟著姊姊學操盤總可以吧？」

四姊：「也不是我們想管你，弟弟啊，你太容易想要抄捷徑走歪路了，看著你往火坑跳，我們也只好無奈抓住你了。」

因為疫情爆發，本來想說總算有正當藉口暫時停止聚會，他完全忘記還有線上視訊會議這種東西，而且他之前不小心向姊姊們炫耀，自己住的地方訊號超好，所以依舊逃不過。

宇仔無奈地對我抱怨：「雖然我是雙性戀，但我只會想跟男生結婚。不知道為什麼，大部分的女生對待我的態度跟姊姊們對我沒兩樣。」

「那是你愛做死，姊姊們怕你真的橫屍街頭好不好。」我忍不住吐槽。

跟宇仔認識幾年，大概可以理解姊姊們為何如此擔心這個弟弟。畢竟過往他發生過同時跟好幾個男女性交往，想挑戰「時間管理大師」，卻管理不當差點炸死自己，還得靠姊姊們出來收尾、圓謊。

若站在姊姊的立場，宇仔這個弟弟不得不盯緊，免得讓旁人太過接近而遭殃。宇仔長得人模人樣，是個看起來文質彬彬的讀書人，有時的溫柔貼心舉止，會讓人暈船也很正常。

有一好沒兩好，他也繼承爸媽兩大最糟糕特質：自戀跟說謊。

宇仔並沒有覺得自己有說謊的習慣，他只是看著爸媽跟別人講話的過程。他從小學時期就喜歡觀察別人的表情動作，猜想對方的內心想法，試圖演出符合大人所期待，乖順可愛的樣子。

「阿公阿嬤喜歡這個樣子，紅包也會比較大包，大家都開心，這樣哪有不好。」宇仔作勢誇腔地表示。

我大翻白眼地嗆：「你說你十四歲在學校欺負別人，講成都被同學欺負，還對阿嬤大哭特哭，剛好阿嬤認識學校家長會會長，搞到好幾位都轉學。不巧我認識其中一個被你害到的衰小同學，本來想講但他沒有恨你，我就算了。」

宇仔一臉嫌惡說：「你記憶力好得噁爛——」

「你再說一次，我就立刻跟你姊講這件事。」

「對不起我錯了請你這件事情不要告訴我姊姊。」

宇仔秒速道歉，他真的很怕姊姊們。

基於某些特殊關係情分，我跟他其中一位姊姊莫名有姻親關係，所以某種程度上我被姊姊們委託，要當宇仔他哥來照顧宇仔。

「我為什麼要被你當哥哥……」

我癱軟在椅背上，想著「又被師父設局」這件事。看著平常自戀不已，但被發現祕密的話，整個人會慌亂到只能聽話的宇仔，我只能低聲嘆氣。

前陣子，我與宇仔的三姊聊了他過去的事情。三姊說她以前超級討厭弟弟，

「討厭歸討厭，但他小時候個性還沒這麼過分，是等到發現就成現在這樣了。」

四、五歲時的宇仔害羞怕生，出事立刻躲在姊姊們後面，至少發生什麼，不會第一個被罵。只是沒想到這會讓姊姊們成為標靶，不明不白被罵成狗，被打得不成人形。三姊被打到一度癲癇，爸媽慌張送醫，但也只是怕自己坐牢，後續也不關心女兒，只關心兒子。

不被爸媽疼愛的女兒們，國中時想盡辦法從家中逃走、住校或住親戚家。頓無依靠的宇仔，為了生存，言行、思考慢慢接近爸媽，結果差一點變成了爸媽。

大姊是最早發現爸媽跟弟弟問題的人。當她大學畢業，就主動說要教導正值國二的宇仔，並就近觀察，另外三個姊姊也慢慢加入。忙於小三與小王往來的爸媽欣然接受，隨後將教養責任丟給了女兒們，卻不知道十年自己即將被小孩提告虐待、限制自由等等刑事訴訟，而且還勝訴。

她們小時候常常被爸媽威脅不聽話就丟孤兒院，有時候姊姊們跟宇仔覺得，說不定小時候就被丟孤兒院也是好事一樁，至少姊姊們三觀正常，還能夠互相扶持，在這個殘酷社會裡生存。

宇仔唯一弱點就是「被發現自己在搞見不得人的事情時，就會暴露慌張本性」，所以宇仔才從快要變成渣男，慢慢被導正，變得稍微坦誠一點，也比較單純樸實，不過到這個階段，他也花了六年多的時間。

姊姊們其實也不是什麼大愛，甚至也覺得自己為何去幫這個不懂感恩的弟弟，

不過她們倒是能夠說出，為何想要把宇仔拉出來的理由：「我們不想看到一個明明能夠善良的人，卻因為沒責任感的爸媽而被糟蹋成社會敗類。我們都曾經差一點這樣過。」

順帶一提，四個姊姊也都是跟女生在一起。不過三姊四姊最近考慮去精子銀行申請，她們還是很喜歡小孩，也想要彌補已經不能生的大姊跟二姊的遺憾。

「至於我，我知道我不可能帶好小孩，我好好玩姪子外甥就好了。」宇仔滿心期待地幻想，好似想著如何掰彎姊姊的小孩們。

「你姊哪敢放心把小孩給你玩啊！！！」

至少他們脫離「四姊一弟」詛咒了，就算未來迷茫，但一定比過去那些不堪的歲月過得更好，雖然莫名其妙變成他的義兄（by宇仔認定），但或許也能夠在旁默默看著他們，期望師父關照他們吧。

顛顛後話

我在這兩、三年見過幾十例「多姊一弟」的案主，絕大部分多是姊妹來訪，訴苦嫁人嫁到媽寶，或是抱怨娘家財產全都被弟弟拿走敗光，爸媽也不管現實情況，一面碎念女兒亂花錢不懂事，一面把錢繼續砸向讓他們陷入困境的兒子身上。

比較可怕的是，縱使她們說多厭惡自己的爸爸或弟弟，但結婚對象或往來男性，兩者的相似度極其驚人。

#以為是真命天子其實是冤親債主的恐怖故事

家裡有在辦事的朋友H也曾說，他跟他母親也見過很多類似的客人，追根究柢也都有這種生男詛咒。

H的媽媽說：「連續生女已經是一種警告，倘若執著拚命要生子，最後生出來的那個男孩，不是精怪轉世，要不然就是來討債的。」

實際上到底是什麼因素，目前也還在研究觀察，畢竟主客觀立場、科學靈界都還有很多無法解釋之處，但至少有一點能夠證明：

無論生女生男，都應該做為自己的孩子、做為另外一個人好好對待，不該當成自己財產所有物，恣意踐踏。

每次看到有長輩牽拖傳統或神明，都不禁吐槽一句：「祖先跟神明有叫你們這樣糟蹋別人的啊？慈悲心都丟光啦？」

不管「多女一男」是厄運還是機會，至少理解到這點的我們，可以卸下不必要的重擔，停止親情勒索，讓被扭曲的孝道止於這代，不要傳承下去。

願每一位曾受父權暴力、性別認同與性傾向所苦的人，能鼓起勇氣，多為自己而活。能夠撐到現在的各位，都是證明你們是值得被他人喜愛，能夠對他人有貢獻幫助的。

#恨爸媽聯盟火熱招募中　#我還是看過真的很棒的父母啦但真的好少QQ

#趕在死線截稿的顛顛

母親節

M是一個相當「被傳統」的女性。九個孩子中排行第六，父親早逝，為了負擔家裡經濟，小學畢業後就出來工作幫忙，而一部分賺到的錢得供家裡兄弟往上唸。雖然M在小學的表現還不錯，自己本身也想唸書，但為了「自己必須幫助家裡其他兄弟」，在學校讀書的念頭就此打消了。

即使M在工作上的表現相當亮眼，資格考跟證照都有取得成功，成果也都有被其他同事跟上司稱讚，但她一直覺得自己是位女性，不應該受到這麼多的稱讚。

到了二十歲時，因應「女孩子總是要結婚的」的期待，在家人的安排下辭職進行相親，幾次相處後「好像還不錯」就訂下婚約，步入家庭，一起租下一間店面開雜貨店經營，她也用「輔佐丈夫」的心態與方式，期許自己能夠當個好妻子。

然而，M的丈夫運並不好。

M的丈夫在剛跟M結婚、懷孕沒多久後，就常常耳聞鄰居說她的丈夫在夜晚跟女性私約，她告訴自己這只是錯認，她丈夫不會這樣做。直到店內的收入跟帳本對不上、在電話裡的談笑風生，跟目睹丈夫跟一名女性在家中床上過。

她心知肚明「我不會再犯了」這句只是懇求獲得原諒，沒有任何承諾保障的場面話，但她心裡想到家中的三個小孩，M忍住了。

但收入短缺除了丈夫拿走去養女人外，還有好幾個原因：賭博、跟會、股票、房產。

丈夫並沒有太多的好運跟眼力見，家中連幾個月赤字外，丈夫還去借高利貸，甚至差點拿M的印章去畫押蓋章，幸好沒有發生。

最後還是靠夫家賣了一些土地，以及賣了自己的嫁妝才還清。

只是，夫家的公婆責備M：「妳這個媳婦為什麼沒有勸阻他？妳明明有機會阻止他做這些事情，這是妳的義務。」

「你們難道不知道你兒子的本性嗎？」M憤怒地回應。

這個時候，已經忍到第十五年了，M累了。

雖然離婚官司M拿到撫養權的機會比較大，但離開夫家就沒有工作收入的她，並沒有選擇帶走三個小孩。

當她想回娘家，娘家卻只用一句：「妳已經是嫁出去的女兒，除非再嫁，不然不用回來。」

逢除夕春節之時，M都去KTV包廂唱歌，紓解壓力，紓解不滿，紓解委屈。

這個情況一直到幾年後M再婚才結束。

因緣際會之下，M碰到一位師父，而那位師父幫她算了命盤，告訴她：「妳的

前途其實很好，但限制了自己，妳不應該為了符合他人期待而委屈自己。」
M其實早有認清，自己其實並不想成為那種「傳統」，但有個觀念束縛她，要她成為那個樣子。師父講出M心中的傷痛，M也吐露出長年來的苦水，逐步把身上那些枷鎖鬆脫掉。
M逐步建立了自信，進入保險業後取得到諸多獎項跟業績，主動爭取加薪跟發展，不再委屈求全。她跟再婚對象也改變了相處模式，比起夫妻，M跟丈夫更像生活在一起的夥伴，有各自的個人空間。
M接觸了宗教靈學，修行辦事，協助幫人，這樣過下來也二十多年。
M說，她自己給自己算了紫微盤，發現前夫的夫妻宮有剋妻命。
「還好我跑得快，不然你們就沒這個媽媽了。」M對我笑笑。
本來很忙碌的M，在母親節前後突然都沒有人來問事跟辦事，工作上也沒什麼大事，足足休息了一個星期。
我想，應該是師父要M好好地休息，讓我們這些兒子跟M好好過節吧。

迷路的姊弟

羅哥因為工作關係，長期往返臺北高雄兩地，考量交通之便，故在車站附近租屋，將置產的房子出租，直到最近終於升遷，才得以好好搬入新厝生活。

但住進去幾天，就睡不好幾天，無奈之下找我詢問，看看是不是有好兄弟來騷擾。

「不是路邊的好兄弟，是一對國小姊弟。」師父傳達給我的訊息，讓我們兩個人都嚇到，羅哥也說他有再三確認，這間真的沒有出過事。

羅哥突然想到什麼，說道：「在我搬進去前，我是租給一位女老師，戴著金屬細框眼鏡，有著一頭烏黑亮麗的長髮，聽到職業是音樂老師，就覺得這個人沒啥問題——只是不知為何，還是覺得哪裡怪怪的。」

女老師住進去那幾年，都沒有什麼異狀，房租也都按時正常繳納，但那種異樣感仍在，連羅哥都覺得自己是不是太神經質。

女老師搬離後，羅哥也有比較仔細打掃檢查，確認沒有遺漏，才放心下來，告訴是自己想太多。

然而第一天入住睡覺，整個人渾身不對勁，睡眼惺忪聽到小孩喧鬧聲，把羅哥嚇了一跳，連做夢都夢到小孩在床邊奔跑；平日坐在沙發看電視，時常會在眼角瞥見一團黑影，又馬上消失不見，不知道有什麼東西在的恐懼感揮之不去，讓羅哥近期顯得精神衰弱，渾渾噩噩的樣子。

「我沒有想要傷害祂們，也跟祂們無緣無仇，顛顛還請你幫我跟祂們溝通，請祂們離開，好不好？」見到羅哥快要哭出來的樣子，也只能跟著他回家一趟看看是什麼狀況。

打開門一進去，看到客廳並沒有感覺。走上樓中樓樓梯，走上有些矮小的和式臥室，也並無發現異狀。

然而當我從臥室床鋪邊角，往對應的樓下沙發看去時，眼前冒出一對十幾歲的姊弟，飄在半空看著我，不過祂們顯得有點害怕，或許以為我來這裡是要收拾祂們。

「大哥哥，你是來抓我們的嗎？」

「捉鬼並不是我的業務。我只是想要知道，你們為什麼在這間屋子裡面呢？」

姊弟面面相覷，向我解釋：「我們是跟著媽媽一起來到這裡的，只是當我們發現找不到媽媽的時候，就不知道怎麼出去了。」

正當我還在思考情況時，姊弟隨即展現小孩子的可怕：

「大哥哥，我們是被媽媽丟掉了嗎？」

「我好想念媽媽，媽媽是不是討厭我們？」

「我們是不是害了媽媽，所以才被媽媽當作髒東西丟掉？」

#等等你們不要擅自進入惶恐狀態啊啊啊啊啊啊

花了點時間跟力氣，終於安撫下來恢復平靜，過程中還聽到羅哥「我聽到小孩子哭聲好可怕救命啊啊啊」的慘叫聲在屋內迴盪，場面一度失控。

恢復冷靜的姊弟們，語帶歉意表示：「對不起，嚇到房間的大哥哥，我們不是故意的。」

本想把他們的歉意傳達給羅哥，但羅哥一臉「他們講了什麼都不要告訴我太可怕」的表情，決定還是作罷。

我重整狀態，繼續向姊弟問：「所以，你們是媽媽的小孩，所以才一直跟在媽媽旁邊嗎？」

「不是耶。」

得到出乎意料的答案，讓我更加困惑詢問：「那，那你們怎麼稱呼她媽媽，還跟著這麼久？」

「因為她身上有媽媽溫暖的氣息，所以就當成媽媽，然後就跟著了。」

這麼理所當然的回應，我也跟師父確認，表示祂們說的都是真的，我也好像只能無奈接受了。

姊弟留下的記憶不多，只能大略推測，祂們應該是被生父母遺棄後不久就死亡

的幼小孩童，而偶然跟到女老師身上，一跟就跟了好幾年。雖然多少會影響到女老師，不過根據他們留下來的氣，或許應該是相處得還不錯吧。

師父表示，女老師跟這對姊弟的緣分在最近剛好結束，也跟羅哥進一步確認「女老師退租去結婚」的資訊。大概是女老師放下執念，好好展開新人生了吧。

跟姊弟溝通許久，最後同意我帶著祂們去行天宮，讓恩主公好好看照祂們。

「師父，恩主公有在照顧小孩的嗎？」

我被師父引導看向行天宮裡面，看見一些學徒弟子，大概能明白。

現場慎重博筊，最後恩主公也允筊，將祂們帶在身邊照顧了。

不過臨走前，疑似聽到恩主公碎嘴：「你們家的師父，每次都會帶來一些不好顧的東西呢。」

小姑的祕密

Y常常感受到家裡有「誰」存在。

Y是一個雖然看不到、無法溝通，但感應能力有點強烈的朋友，小時候因為體質緣故常常被跟或中邪，是屬於「很難帶」的那種。

而當Y要從桃園家裡到臺北，去住親戚出租的住所時，容易操心的媽媽，為了保護Y，有特地在親戚家請一尊小觀音像，並恭請地基主來保護他。

安置好神明跟地基主後，Y住在臺北這幾年，都能夠感受到如果身上帶了什麼穢氣或不好的東西時，家神跟地基主都會幫他把身上的氣息淨掉，保護他不要被無形干擾。

雖然Y很安心，在家也很放心，只不過還是有一些小困擾。

Y有時帶人回來過夜，有一些比較親密關係行為交流時，會感受到旁邊一股視線襲來，而這股視線有時強烈到連對方都能夠感受到。

有幾次Y就問ㄆ友說是不是有覺得誰在看，對方就指著一個方向說在那裡，而且是好幾位都指著同一個方向，讓Y有點不寒而慄。

Y就跑來問我是發生什麼事情，請我到他家看看。

到家來看的確沒有感受到什麼不好，甚至有點溫馨的氣氛，神明跟地基主也沒什麼大礙……

正當我這麼想的時候，剎那有一個念頭出來，詢問Y：

「你感覺到的視線是怎樣感覺？」

「老實說沒有不舒服或覺得想吐，但會覺得有點熱切……」

「熱切到有點開心的感覺？」

「欸，對。」

「……這樣講有點荒唐，不過，是地基主看著你們打砲，而且看得有點開心……」

「等一下什麼啦啊啊啊啊啊——！！！！！」

其實Y有在想會不會是神明們在看，但如果是「神明們來看他們打砲」這個想法，不管怎樣也都太毋通了。

但換成地基主這個答案也太過震撼。

後來Y回到桃園家裡時，有稍微問過媽媽地基主是請到誰，媽媽思考了一下，說：

「如果沒記錯的話，應該是小姑吧，小姑本來住那裡，在你搬進去前幾年因病過世，你叔叔跟你爸說在那邊還感覺到她之類的。」

而Y也曾在家中翻出好幾本應當不是Y或老爸叔叔買的ＢＬ小說跟漫畫，媽媽也說可能是小姑的。

知道的當下我跟Y只得內心吶喊：

「小姑啊啊啊啊啊啊——」

童乩外公

我的外公是童乩。

其實認知到外公是童乩是近幾年的事，小時候雖然常常綴著內媽四界拜拜，不過後來長大去上學，卻逐漸覺得這些民俗文化是老歲仔人在搞的，少年仔一般沒有人在迷信這些，就是有也只是擇香綴咧拜。

外公的童乩身分同樣被我遺忘，即便過年回外媽家，都會看到高掛在亭仔跤、裝在樕籃裡的草馬水，外公外媽早晚燒香獻紙，也不覺得有什麼特別的地方，只認為是鄉下特殊的習俗。

直到外公過世，草馬水被除去，我才恍然大悟，原來那看似裝飾盆栽的東西，竟就是代表神明對這個被祂選中的人類，及其家族特別禮遇的象徵。

近幾年因為本土意識更加高漲，使得我回頭去看這些曾經被我忽略的地方。但外公已經不做童乩很久了，我只好藉著我媽的記憶，來間接回憶我的外公，以下所要講的各種片段，多半是從我媽口中聽來的，有很大一部分是她本人的真實經歷。

外公是某港口大廟李府千歲的乩身，操五寶血祭神明，是傳統的那種童乩。外

媽家裡客廳牆壁上還掛有一幅外公起童時的照片，畫面正是他拿著鯊魚劍要拜廟。

傳統的童乩是由廟裡的神明掠乩，夜晚在他的夢中教他大小事情。據我媽說，外公告訴她王爺是一個穿白衣長鬚的和藹老人。聽說外公一開始其實不太願意成為童乩，反抗的時候（查埔祖似乎也不同意，後來有過一番交涉）惹王爺生氣，我媽小時候還曾經看過無形的力量把外公拎起扔出家門外。

外公並不是唯一替廟神辦事的人。港口大廟的主神其實是媽祖，很有趣的是，這間廟同時有大道公。臺諺云：「大道公風、媽祖婆雨」，但不知道為什麼兩神在這間廟相安無事，或許是陪祀的廣惠夫人（掌管安胎保產、調和婚姻）的功勞吧。（笑）

廟裡還有幾個人是以手轎替媽祖辦事的，但替媽祖辦事的人不知為何怨妒外公，在一次祭典或者活動的事前布置裡，外公拿梯子要爬高，被這些人刁工創治害伊跋下來，摔到身上的某處。結果後來這些替媽祖辦事的人，就接連因為意外身亡了。

外公除了是童乩之外，他的正職其實是作田人。據說王爺曾跟他保證，田裡隨便種什麼、不用太照顧都會長得順利又好吃，也因此在外公還能作田的時候，常常會有產地直送的冬瓜、茼蒿、番薯、樹薯做成的太白粉、麻油等各種農產品，出現在我們家的餐桌上。

而農閒時期，他就會跟外媽到工地裡去做散工。有天外公突然在工地發起來，

原來我媽出車禍了，要通知外媽快點去處理。

媽說她在醫院躺了一個月，她每天眠夢，夢見自己站在工作的工廠附近的電線杆下無法離開，試圖叫住每個經過電線杆前的人，卻沒有任何一個人要搭理她，讓她既納悶卻又無可奈何。

電線杆附近有一棵大樹，樹下有個老人在休息，老人用奇怪的眼神看著她，媽注意到他了，因為無聊想跟他聊天，然而那個老人見到她就像看到鬼一樣閃得更遠，這令她百思不解。後來有一個男生下班牽著腳踏車經過，媽又試圖叫住他，這次終於有人願意理她了，媽很高興，跟他聊了好幾天。

某天媽又在跟那個男生聊天的時候，那個在大樹下的老人在遠處對著那個男生說：「少年仔，莫睬伊，甲你講莫睬彼個查某，伊是彼个啦！」

是什麼？那個男生不太懂。

「伊是彼種啦！」

媽知道那個老人在暗指自己是歹物仔，她非常生氣，想要證明給老人看自己不是歹物仔，於是老人問她能不能進到工廠裡，媽心想工廠門關起來，她當然不能進去，但轉念間，卻發現自己已經在工廠裡了。

後來怎麼了她其實不太清楚，只記得有一天自己飛到很高的地方，好像有片美麗的花園，耳邊有一個年輕的女聲問她要不要跟她們一起去玩，媽本來要答應，可是後來有一個年長的女聲追了上來，對那個年輕的女聲說：「妳毋通問伊，妳無看

著，伊已經有人矣？」

這句話她其實記不太清楚，只知道意思是：媽是屬於某人的。講完沒多久，她就感覺到有一股力量將她往下拉回地面，然後就醒來了，聽說是王爺開符令將她救回來，也因為這件事情，王爺被打入天牢。

「因為人如果不求神的話，神是不能插手人間事的。」媽這樣認為。

王爺其實閒來無事會到家裡來玩，如果王爺想來玩，他就會讓愛喝酒的外公喝得醉茫茫並藉此降駕，而據說王爺被打入天牢的那些日子，換成媽祖手比觀音指、腳踩蓮花步、口吟七言詩翩然下降。

關於王爺來玩的這部分我有一次經驗。

記得那年是大學一年級的寒假，我過年回外婆家，因為待在屋子裡很冷，所以我搬著一張長腳椅到外面庭院晒太陽。外公一如往常地喝得臉紅紅地牽著腳踏車進來，經過我面前的時候他彎下腰看著我，用一種我從來沒看過的和藹笑臉對著我說：「你是某乜人乎？」

我愣了一下，心想大概是外公太久沒看到我，認不得了吧，也就不在意而胡亂答應。

王爺自在地將腳踏車停在亭仔跤後，走進屋子裡，屋後灶跤正因過年忙得一片混亂，祂也許有跟幾個人談話，後來有人發現是王爺到家裡來了，於是拿了張椅子到外面的庭院讓王爺坐，並備下了毛筆、墨水與金紙，大家圍著祂問事。各房子女

都有問題可問，但該我媽問時，卻一時不知道該問什麼，只向王爺討了藥方能治我的青春痘，我還記得好像是用甘草跟黑糖熬成茶來喝，我之後喝了這種甘草茶好一段時間。

根據我媽的回憶，王爺還曾經在他們一家看電視的時候悄悄出現。那時正逢馬英九要選市長，媽在電視前與王爺辯論馬到底會不會選上。她認為馬絕對不會選上，因為馬這麼爛。

但王爺說會，這令她無法相信自己的爸爸怎麼會有這麼差的判斷。

「有時候你都不知道現在在說話的是王爺還是外公。」媽感嘆。

對了，王爺還講過中共將會打過來的樣子。

王爺曾說祂過幾年要將廟交給別人然後自己去雲遊，到時候外公就可以退休了。

童乩退休的意思就是真正地從人生裡退出了，但王爺似乎還有給他與外媽相處幾年的時間，我並不真的很清楚王爺什麼時候去雲遊的，而五年前，外公過世了。

他在過世前，突然將原本荒廢的豬寮拆掉（我其實覺得有點可惜），並用鐵皮包成一個可以閘風覕雨的小空間，後來屋內囥外公的大厝的時候，我們剛好就可以在那個空間休息，聽牽亡陣唱歌。

外公說他要跟主公去修行，臨終前交代我們要燒一匹白馬給他，他將會在十八年後騎著白馬回來，後來舅舅不知道去哪裡訂做了一隻用保麗龍做的白馬，我們堆

著壽金一起化掉，感覺相當不環保。

但後來聽說外公託夢給外婆，說主公講白馬他現在還不能騎，被保管起來，還是燒一臺摩托車給他代步吧。

外公過世之後，我們比往常更常去港口大廟拜拜了，雖然我們知道以前的王爺已經不在廟裡，現在是別的王爺，但我們依然要感謝祂庇佑家族這麼多年。

不知道未來外公將會以什麼姿態、什麼方式再回來呢？真是令人期待。

不肖祖先與玫子

「妳說妳兩年換了十四間公司，而且每間都是倒閉收掉？」

玫子看著呆住的我，無奈地撇頭問道：「師父是不是說我就是個瘟神，所以才會這麼衰？」

「祂倒是沒這麼說，畢竟妳後面跟著那一坨拉庫的髒東西太明顯了。」

聽到這句，玫子瞬間抬頭，兩眼發光對我大聲吶喊：「終於！有人！看到了！」

玫子的人生裡，充斥著一堆爛事。十歲時爸媽欠債跑路，二十年不知去向；被親戚踢皮球踢到祖父家，遭到家暴跟性侵；高中逃出來跟親戚求救，反被指責騙人亂講；工作後，被公司惡意解僱、被多年密友背叛出賣，吐露真心話跟人生故事，卻被人說成編造故事博取同情等等，對她來說已是必須得習慣的日常，直到這兩年工作太過不順遂到開頭那句的程度。

唯一慶幸是，她有遇上好丈夫跟好公婆，能讓她在這暗不見天地的生活中找到喘息空間，不然這種玫瑰瞳鈴眼的人生劇本沒多少人能承受。

「我就看看我還能衰到哪裡去，最後大不了下地獄去找閻羅王算帳。」玫子帶著

這樣自暴自棄的心態，苟活至今。

玫子說，從小她就有一種直覺，自己好像被一些「看不見的人」纏繞在身上，想拖著她抓交替或是陪葬，常被一些有體質的朋友表示她身上有濃濃的陰氣，訝異玫子怎麼能夠承受這些活到現在。這個直覺也讓她相信，她其實是命好的，只要她找到罪魁禍首，就能從這些爛事解放出來。

「我找過好幾位算命占卜老師，都說我命格很好，應該生活富裕，從小到大不愁吃穿跟關心。一開始我都當屁話，但越算越覺得，我的命真的不該這麼爛才對，一定是出了什麼問題。」

我想了想，說：「接下來這句話應該不是只有我講過，妳們家的祖先很有問題，妳身上那股衰氣是他們造業造成的。」

「果然是那群屁蛋祖先。」

小時候很慘，但玫子印象中家裡以前很有錢，不知何時開始敗光，叔伯嬸姨也都各個生病出事，欠債跑路，甚至有一些死於非命——好比她有一個身體孱弱，需要輪椅才能移動的親哥哥，在玫子八歲的時候被砂石車輾過。

見過那個慘況的玫子，一直在懷疑自己的祖先有庇蔭家族嗎？不是說祖先都會保佑子孫嗎？這群死人到底在幹什麼？

玫子突然意識到什麼，有點擔心地問：「一直叫死人混帳，師父會不會覺得我很不尊敬祖先呀？」

我閉目乾笑地回應玫子：「祂都敢叫我在節目上講『有些祖先值得骨灰沖馬桶』了耶。」

「噗嗤哈哈哈哈哈真的是濟公師父耶！」

#他人大笑徒弟只能內心冒冷汗

#有時候師父叫我講的話真的是讓人害怕

經由地藏、觀音等等神尊確認，玫子身上那股陰氣確實是祖先跟他們的祖業，耗盡整個家族的福德跟子孫的運勢，意圖逃避惡業等等狀況所造成。

「妳的命格從紫微來看真的很硬，就算被祖先當成ATM提款也還是很充足……」

「我說，我真的不是對神明不敬，但他們看到這種狀況還不出手是要幹麼？」

「關於這點我真的很難講清楚，但濟公師父的確是專門在處理這些不良祖先的，大概也是這個時機，我跟妳才會碰到吧。」

「……為什麼聽到這句我會有想哭的感覺，師父很過分耶。」

儀式處理過程由於繁瑣容我帶過，但最終在地藏的主持與幫助之下，終於將玫子身上那批祖先跟祖業帶走，而她也在處理結束之後表示，像是卸下整身的沉重枷鎖，身體從沒有那麼舒服過。

而在事前準備時，我還接到師父跟地藏的訊息，表示她那慘死的哥哥尚未投胎，玫子之前也有從別的朋友那裡收到類似的資訊，因而一直放在心上。

「妳哥哥說，他希望能夠給他一個健康身體的象徵，他就能夠好好放下執念，迎接來生。」

「那我知道是什麼，我當天會帶來。」

結果在處理當天，她帶來了這個。

「我哥生前最喜歡的動畫就是七龍珠，尤其是後面悟空跟達爾合體後的達洛特，他說過這個很帥，很想變成他們！」

「這個不能燒啦！而且哪能……靠北，地藏竟然說這個可以。」

有的時候真的會很懷疑，到底是我過於嚴肅正經，還是神明太隨興……

到現在為止，這尊還放在神壇中一旁，每次看到就會想到玫子近況，想說師父能否顧下她，然而大部分在我請示前，師父就已經去顧了。

希望她能感受到，這麼衰的人生依然是值得被神明照顧這件事。

找不到路的父親

阿克的父親年事已高，送入安寧病房後，幾天後就安詳地離開，家人按照一般傳統的習俗為他誦經，舉辦告別式，撿骨入塔。

然而一年後，阿克一家人為爸爸做對年時，儀式一直被小事或莫名來電打斷，擲筊過程也十分地不順。儀式早上開始處理，到了傍晚依舊無法完成。阿克突然出現一個念頭，他擲筊向神明詢問時，得到了令人困惑的答案。

「父親不在家中。」

「怎麼可能？對年還是爸爸特別交代我們要處理，讓他能好好回來，跟祖先們團聚的耶？」阿克的妹妹用了特休回來，所以有些埋怨地說道。

正當阿克思考是不是父親過身前還有事情沒交代，他又接獲奇怪的訊息，也獲得三聖筊，只是更讓他們滿頭問號：「爸爸在上帝那邊。」

「爸爸都是拜媽祖、關聖帝君的，哪可能去信上帝了？」

講完當下，阿克發現一個可能性因素，急急忙忙尋求我母親的協助。我母親一看阿克爸的命盤，皺著眉蛤了一聲：「你爸什麼時候受洗成基督徒了？祂卡在天堂

回不來耶！」

彷彿確認心中的答案，阿克不小心拍了桌有點大聲地說：「果然又是姑姑！！！」

當初父親住院時，爸爸的妹妹，也就是阿克的姑姑，曾經多次前來探望他，阿克跟他妹在醫院也見過。只是姑姑自我中心，酸言酸語嫌棄周遭親友，他們彼此好幾年沒見了，見到時互相也沒給好臉色。

但姑姑關心阿克爸的心意不假，往返醫院的次數比阿克他們還要頻繁，爸爸跟姑姑也聊得還滿開心。姑姑見到自己的哥哥躺在病床上奄奄一息，除了醫療救護跟心急等待之外也沒什麼辦法，自己唯一能做的是信仰上的救贖。

剛好爸爸的主治醫師具有牧師身分，他被姑姑的哀求所感動，也徵得爸爸的同意——雖然爸爸那時已經插管、意識不清，看他微微點頭，就當作取得同意了。

於是在阿克一家毫不知情的情況下，爸爸過世前就受洗成基督徒了。

「……幹？這樣可以嗎？？？」阿克滿懷著不爽跟疑惑，吐露出這句話。

「嗯，按照他們的做法來看，應該是有成功的。」我無奈地從師父那裡得來這個結論。

在來之前，阿克、媽媽理所當然和姑姑大吵了一架，一邊說：「妳怎麼不尊重妳哥哥！」，另一方回嘴：「他信媽祖信那麼辛苦，我只是希望他能上天堂！」，最

後不歡而散。

當下，師父丟了一些畫面給我，阿克爸似乎卡在什麼前往天國的路上，旁邊有天使跟陰間官吏在討論些什麼，父親慌亂大叫「為什麼我會在這！這裡是哪裡！」，令人感到極度尷尬。

我母親也是第一次碰到這種哭笑不得的情況。她釐清了阿克父親的意願，找了一些神明協助後，最後爸爸終於順利回到神主牌位，與家人和祖先團圓。

這場事件過後，姑姑明顯不甘，常在家族的 Line 群組傳教，宣揚「我們應該接受上帝的恩惠，回歸基督的擁抱」等言論，同時也在推銷不知哪裡來的健康食品，哀求其他親戚買單。

「難怪，我一直在想姑姑到底是在傳福音，還是安○派來的直銷專員，原來兩個都有啊。」聽完阿克的抱怨後我不禁恍然大悟，講了這個感想。

幾個星期前，阿克真的受不了這種訊息騷擾，在群組寫道：「姑姑妳的意思是，吃了妳的健康食品會死得比較快，可以早一步上天堂見耶和華嗎？」姑姑立刻飆了好幾句咒罵，憤而退群。幾個被姑姑煩到不想回的親戚紛紛感謝阿克，終於讓他們重回平靜日常。

我認識很多友善的基督徒，也認識很像在拉業績傳教的佛教徒，撇除宗教與教義的差別，一股腦地把自己的價值觀塞進對方的腦袋，再好的理念跟建議也可能會

被扭曲，產生更多的誤會和嫌隙。

在推廣自己的信仰時，我想大部分的人應該是耐心地解釋教義，心懷善念幫助他人。但可能有時急於想表達意見，忽略對方的想法跟感受，誤解意思造成雙方不和，加深彼此的嫌隙。

不是每個人都想上天堂或是成佛，闡述自己的信仰理念時，不用帶著「對方一定得接受」的念頭，當作聊天交流，慢慢互相理解即可。

不管哪個宗教派系，都是找到自己適合的就好。

「不是啊，這跟西門町那些安◯推銷有什麼兩樣，人家的意願呢！！！」

柯基吐槽。

「嗯看來你也被騙過。」

「幹！」

減少人生苦痛、追求歸屬、找到自我價值等等的純粹目的，尋找信仰及宣揚教義。但這些是以自身為出發點，面對是自己要解決的問題，而不是「大家都最好一起上天堂」這類的執念，還將執念加諸在他人身上。

至於防疫，當然是大家必須都要好好遵守，關係人命的事情，保護他人也保護自己，期待早日迎來日常。

#安安你聽過安◯嗎

#信仰很好但隨意安在別人頭上就不太好

至死不渝

「我媽從來不告訴我，她跟爸爸到底發生了什麼事，說不要接觸這些事情，遠離就好。」C小姐說。

「我想那應該是一種保護妳，讓妳不要牽涉太多的方式。媽媽希望妳好好的。」我說。

二〇二〇年這年，對C小姐一家來說並不是很平順：年初C小姐車禍，左腳膝蓋骨碎掉，大腿骨斷掉，半年多後才逐漸能正常行走；媽媽從前一年十一月就開始喘，一直緊急送醫，到二〇二〇年除夕後的初一清晨在床上休克，送去醫院病床用裝置維持生命，已無意識；爸爸三年前有膀胱癌，不肯去治療，直到該年的七月，身體撐不下去後送醫，癌細胞已經轉移到全身。

二〇二〇年七月下旬，父親過世。

十月中旬，媽媽離世。

其實在媽媽發生休克後的二月初，C小姐就擔心房子有風水問題，找風水師來

幫忙看。風水師說這間住久了對人不好，容易產生疾病，但爸爸不信，畢竟這會顯得他看房的眼光極差。可是按照時間排序，他們身體變差確實也都是在住進這間房子才開始發生、逐漸嚴重的。

二〇二一年初，在父母雙雙離世後，C小姐決定要把這間沒有回憶的房子賣掉，但擔心賣掉後對新屋主有影響，所以才來找我看有沒有問題需要處理。

當時爸媽買下這間的理由很莫名其妙：「為了爸爸的退休生活」、「很適合養老」等，依著媽媽的說法，他們從住了二十幾年的永和搬到人生地不熟的龜山，C小姐的通勤時間增加了近兩小時。

「我媽還拿我的名義去貸款，幫我買了臺南的房子，說爸爸以後住臺南也很方便，回老家很近，可以跟爺爺奶奶聯絡感情，過退休生活。」C小姐繼續抱怨：「我爸哪來的退休生活，他幾乎都仰賴我媽的退休金。」

我親自來查看後，除了風水，真正的問題出在父親。

C小姐的爸爸是家裡唯一的長孫，爺爺非常寵溺爸爸，到他四十多歲，爺爺還是靠著人脈不斷幫爸爸找尋職缺。從政府機關到民營機構，只可惜最長只做一年兩個月，爸爸人生中換了超過二十份工作。

爸爸還有六位姊妹，但很明顯不受到爺爺的青睞，唸書與工作全都是她們自己努力得來。她們只想證明給爺爺看，可惜他依舊注視在爸爸身上。

這種重男輕女的家庭，我過去也接觸不少，雖說教育背景跟家庭因素不大相

同，大致上可以歸納出一個傾向：兒子因為被過度寵溺，社會化程度過低無法正常工作，不是在家吃老本就是走偏門犯法入獄，或因某些緣故年輕早逝；女兒的婚姻通常不美滿，伴侶是痛苦來源，然而就算離婚回娘家，也依然替家中男性勞心勞力，盡力去補娘家的財運坑洞。

縱使家中再怎麼富有、如何盡力挽回，家運也已經因這樣早就耗損光了。這種父母歡喜兒女背鍋，同姓宗族普遍存在的衰運或際遇，目前我只能用「祖業」來形容。

即使逃家逃得再遠，依然可以清楚感受往上三代，來自父母、祖先的家族壓迫。

爸爸因爺爺養成的自我中心與高傲心態，只讓他覺得「自己有才華、有想法，只是沒有人欣賞」，除了書法有成就之外，其他方面說是吃軟飯也不為過，交際應酬手腕也差得不得了，有著每到一個新職場，就把所有人得罪光的能力。

這種隨時都能夠橫死街頭的人，一生中最幸運的事情，便是有個能夠讓他需索無度的妻子了吧。

C小姐說，媽媽是有能力也很努力的女人，靠著業務與企劃，除公司賞識外，也能夠把爸爸一時興起造成的財務破洞補回來，甚至還能小回本，真的是很努力了。

唯一問題是，爸爸隨口的要求與意見，媽媽幾乎都會回應與實現，所以才會出

現了令人問號的兩間房產和考量，和家中各種「想好好運動」，卻完全沒用過的運動器材；想「好好按摩」，結果都是媽媽在使用……只要是爸爸提的要求，媽媽就幾乎會買來的雜貨物品堆滿在家中。

C小姐說她已經清掉大半了，要不然真的會寸步難行。

「媽媽知道這叫助紂為虐嗎……」

「所以每當媽媽在抱怨爸爸很難懂的時候，我心裡都想說『這不都妳造成的嗎？』不過我也是聽聽就算了。」C小姐無奈地笑笑。

爸爸過分自我中心，不能也不想同理別人，連做錯事情都會進入找藉口說「這是故意讓你發現，教你錯誤中學習」的無賴溝通模式。媽媽盡量包容爸爸脆弱的自尊心，給予建議與說服。但她始終無法理解伴侶的想法，對丈夫的孤僻狀態無能為力，「習得無助感」最終讓她只能回應爸爸的每一項要求，至少能獲得一個平衡或對方的認同。

「自己無法改變他，那就承接他的一切吧。」

如此才能接受自己為什麼要做出這些行為、這些犧牲。

包含業。

C小姐有說爸爸的身體一直都滿常出問題的，每當覺得他生病到要撐不下去的時候，隔天都會開始好轉，沒多久就起身，恢復以往的G8個性。

反倒是媽媽本來硬朗的身體，隨著退休日子越近，狀態越差。媽媽睡在房子的最內側，床頭後方就是浴室，窗戶打開幾乎沒有對流，一下雨溼氣就會布滿房間。不論風水還是物理來看，那間房間本身就不適合住人。

但媽媽沒想換過房間，而在乎自尊、沒同理能力的爸爸當然也不會發現，搬來新房子之後就跟媽媽分房睡，也沒有想過要同床。

C小姐勸過媽媽要不要跟她換房間，媽媽只要她不要擔心：「啊這間睡起來也舒服啦！沒關係！」

但每天隨爸媽住一起的C小姐，再遲鈍都能觀察到他們的病痛越來越多，越來越頻繁。

二〇一八年年末，C小姐因為搬到龜山，通勤時間拉長導致疲勞增加，讓她回到家只想好好回房間躺著，什麼都不想管。持續三、四個月後，她最後選擇離職，想好好休息一下再找工作。

離職沒多久後，某天晚上十一點，C小姐突然被爸爸叫到他房間。

C小姐還沒反應過來什麼事情，爸爸就直接斥責說：「妳每天懶洋洋，在家裡散散的，該找工作了吧！」

「我上一份工作早上九點出門，一路忙到晚上快十二點回到家，超級累想說先休息一下，等明年初再找。」

「妳這樣會一直懶惰下去沒人要，看了就心煩！」

C小姐整個火就起來，直接跟爸爸吵起來，開始理論到底誰沒工作、誰沒認真過，爸爸完全吵不過，直指她一些無關緊要的態度問題：「沒對爸爸說過早安晚安」、「把家當旅館」，兩人一路吵到凌晨四點。

媽媽房間就在爸爸對面，或許沒睡著，聽了整晚吧。

同時，家族也有因為誰要接公媽牌而開始有了爭端。爸爸不想拜，理由是沒意義，爺爺只能無奈問其他女兒能不能繼承，但是她們沒有一個有結婚，甚至有一個人因為分手後精神失常，進了療養院。

沒有受到重視過的女兒們也都不想接這個香火，畢竟以後要拜的，是這個瞧不起她們的爺爺。

大概到了這個時候，才開始慢慢發生最一開始所述那些遭遇：女兒斷腳，父母先後離世。

真的很沒道理的祖先業障也影響了其他姑姑，身體出現一些問題。

不過媽媽在離世前後，有為了丈夫和女兒做了一些事情。

對於他們的經歷，大概也只能說是「祖業」了吧。縱使我覺得祖先沒庇蔭，還要為祂們還債真的很不講理，但女兒們無法結婚、兒子擔不起大任、家運財務出狀況等等，在其他同姓分家也發生了類似的事情。影響這麼廣，也只能說是祖先留下的業開始蔓延。

前面說，爸爸是一個隨時橫死街頭都不意外的人，欠下的債務與得罪的朋友

貴人太多了，從二〇一八年開始，身體就不斷出狀況，諸多疾病冒出、各種運勢衰竭，默默被宣告過去祖先的福德用盡。

但媽媽愚愛著爸爸，幫忙扛了許多事情：財務是，病痛是，生命也是。

爸爸腸胃不好，鐵胃媽的腸胃開始出問題；明明是爸爸得了膀胱癌，媽媽卻開始出現血尿。

最終媽媽比爸爸先倒下，卻比爸爸晚走。

據說爸爸一開始無法面對媽媽倒下，還先逃到臺南拒絕接受，後來被自己的姊妹跟媽媽的親戚碎念，一個月後才回到臺北，探望病床上無意識的媽媽。

其他親人都無法喚醒的媽媽，在爸爸來到她旁邊喚她的名後，竟然睜開眼睛表示反應，似乎表示：「你終於來看我了。」

爸爸出現病危，沒承受多少痛苦就走了，媽媽則像承接了爸爸所有苦楚，於三個月後離開。

我詫異地問了師父：媽媽幫爸爸承擔跟付出，甚至到了以死相抵，以命換命的等級嗎？

師父只有淡淡表示：她也幫女兒擋了。

我這時候才發現，按照C小姐爸爸方面家族的情況，C身上也應有類似的際遇跟傾向，但不同於她的姑姑，C有一個非常照顧也擔心她的男友。C的心智方面，除了有點不拘小節跟太隨和——很難想像在這種家庭下還可以隨和成這樣，其餘跟

常人無異。

告訴C小姐後，她突然想到：「啊，我有一個大姑，很久之前出家了，只有偶爾聯絡而已。她好像有一種『知道家族做了什麼』的感覺，說出家修行是因為祖業什麼的，希望到她們這一代就化解，不要再傳下去了。」

「妳是不是想要問家裡曾經發生過什麼，但能夠回答妳的大姑跟媽媽都不說？」

「對啊，我媽說不要知道這麼多，知道太多沒好事，但如果她願意跟我說的話，我現在處理後續遺產的問題就不會這麼累了……她們真的買了好多奇怪的基金跟股票……而且都沒賺……」

「大姑跟媽媽都承擔了你們家中的祖業，我不知道妳爸爸那裡到底曾經做了什麼，但或許妳媽媽的想法是，讓妳從關係和資訊上越遠離祖先，妳與祂們之間的關係就越淡薄，影響也越小。真的很慶幸妳沒有學到妳爸的個性。」

「畢竟我很想當廢人但不想當廢物嘛～」C小姐開玩笑地說，不過她說，她是真的很討厭她爸。

一直在旁邊看著與聽著我們對話，C小姐的男友也笑了。

C的男友家裡是拜池府王爺的，他偶爾也能透過直覺感受一些不對勁。他剛認識C小姐的時候，除了喜歡她之外更擔心她的身心狀況，畢竟她車禍當下車速不快，卻跌成這樣，可能得知C家裡不平靜，幾乎如影隨形在C旁邊，擔心會出什麼事情。

看他們的互動方式，應該不會像C小姐的父母那樣變成冤親債主般的關係，應該可以放心了。

師父說，媽媽不知用了什麼方式、怎麼發願，讓爸爸跟女兒家族共業的部分都由自己承擔受苦了。自己逃不掉，至少讓女兒逃走，讓她自己度過自己的人生。

剩下就都給媽媽背負了。

我有看見C的媽媽在某個地方過得不是很好，基於尊重她的意願，我只有多說「有時間可以多去靈骨塔看看媽媽，多帶一些她喜歡的供品去祭拜」。

至於爸爸我就沒有說什麼，C對爸爸的感情很陌生，如果真的要說，就是「不熟」，所以無感，甚至厭惡。

爸媽並沒有放在同一個靈骨塔。

在世時，爸爸說要跟老家一起，跟爺爺奶奶同在。媽媽則是覺得「自己還很硬朗」，選擇塔位時遲遲未能下決定，C小姐透過親戚，幫媽媽買好在臺北的塔位，媽媽也沒有什麼意見。

他們應該都沒想到，C爸爸比自己的父母還要早進去，而奶奶傷心過度驟逝，徒留爺爺獨活面對喪妻喪子的晚年。

媽媽則是事發突然，回過神來時，已經無法替自己決定了。

媽媽在過年的三個月前，還在醫院住院檢查，曾經對她的親姊妹說過：「早知

道那時候就選工程師，或許會比現在好。」

「妳沒有想過要離開他嗎？」姊妹問她。

媽媽苦笑搖了頭，似乎表示，這一生已經栽在丈夫身上，來不及，而且還是愛著他。

只是夫家始終未能接受C的媽媽。在媽媽的喪禮時，爺爺跟姑姑完全沒有瞻仰儀容，也沒有對媽媽說過「唉唷，火來了要小心」之類的話。

這也是為什麼媽媽不想把塔位放到臺南的緣故吧。

「不過爺爺倒是有跟我說過，很感謝我媽選擇了我爸，至少把他綁死了，別讓他出去害人。」C小姐說。

C小姐常聽爸爸自吹自擂年輕時很多人追，甚至在男湯溫泉還被同性偷捏屁股，或是被學弟追求什麼的，搞得不知道是在炫耀自己身價，還是他其實是深櫃。

愛情是種業障，完全可以體現在C的父母身上。

幫忙整理完風水與氣場，一個月後C小姐房子順利賣掉了，說新屋主也很喜歡，感覺很舒服，C小姐與我都如釋重負。

有些事情保持距離就好，三代以前的恩怨可以去嘗試理解，但沒必要承擔他們的業甚至罪孽。現代社會都有限定繼承保障，「自業自得」應是對雙方都最好的結果。

雖然我也看過不少無賴祖先要子孫幫忙償還就是了……

#給我好好去面對自己的業

#祖蔭多有見過

#也有見過淨負債建議趕快拋棄繼承的祖先

#把子孫當工具的祖先比想像中多

C小姐曾從媽媽那裡，聽聞她與爸爸相遇的過程。

大概是三十多年前，他們在迪斯可舞廳，一群二十多歲年輕男女隨音樂擺動，C的媽媽就剛好與北上出差C的爸爸一起跳舞，彼此對舞步跟節拍配合得極好，也一邊聊起彼此的生活跟工作。

舞曲結束，準備換下一輪，C的媽媽對他說：「你要把我留下嗎？沒有的話，我就要去找另外一位學長囉！」

C的爸爸沒有任何躊躇，直接回應：「好！」

兩人歡笑牽起手，繼續共舞。

我跟C與其男友吐槽：「這個什麼八〇年代的瓊瑤劇情節！」

但我們邊笑，也一邊想著：

如果C的媽媽知道未來會發生這些事，那她還會做出同樣的邀請和選擇嗎？

不知道，也不想知道吧。

阿道夫雖然只是事主跟我們聯絡用的暱稱，並非本名，但如同這個曾經擁有這個名字的主人一般，並非一個受人喜愛的男性，更多是憎恨他的人，尤其是他的父母。

雖然他有爸爸、媽媽，及一個哥哥，但他從未感受到這裡是他的家。爸媽只會在意哥哥過得好不好，舒不舒服，而阿道夫嘴巴才張開，還未說些什麼，「不行」的聲音已至，爸媽連是什麼要求都不打算聽，在阿道夫小的時候，甚至還會有虐待他的傾向。

阿道夫常常懷疑他是不是被爸媽撿來的。

他小時候並非爸媽帶大。因為阿道夫一出生就非常不好帶，體弱多病外還有嚴重的氣喘，他媽媽便找了一位保母照顧阿道夫。保母照顧的期間，因為爸媽實在太少太少去看阿道夫了，保母一度以為他爸媽不要他了，於是便跟阿道夫的爸媽說要收養阿道夫，但阿道夫的奶奶不肯，要他爸媽馬上把阿道夫帶回家。

就這樣，直至三歲左右，阿道夫才終於被爸媽帶回去。

但想想，當時留在保母家，或許會過得比較幸福。

阿道夫的哥哥是典型那種因為獨子而被寵壞的樣貌，不切實際，整天白日夢，每當決定做出什麼事情的時候就是要出事，還曾經差點入獄，非得要爸媽來收拾。但爸媽依然寵愛他，覺得他是他們最寶貝的兒子，到現在也還是。

彷彿忘記他們還有一個小兒子，阿道夫在他們面前像是個累贅，或是玩具，或是垃圾。

大概是他幼稚園時的某天，只有阿道夫跟他爸在家。他爸把他叫過去，拿了一張白紙，一個圓規，一支原子筆。

他爸用圓規畫了一個圓，要阿道夫用手畫出一個跟圓規一樣圓的圓。畫不出來，爸爸就揍他，直到四支筆畫到沒水，阿道夫只記得他一直哭，他爸揍得更開心。

奶奶某次突然回來才發現這件事情，阿道夫大概是到這時候才知道，原來受傷會有人疼惜對一般人來說是常態，唯獨他的爸媽不是。

說到受傷，阿道夫從小到大一直發生莫名的身體災難。跌倒破皮是常見，車禍、急性腸胃發炎，醫院有一段期間幾乎成為第二個家。

剛出社會時，因為一次意外，阿道夫的腿斷掉了，住院期間完全沒有家人照顧，幾天後出院，回到家時並無一人，拖著斷腿走向餐桌，桌面只有留了一張紙，上面寫著：

「電鍋裡有三個便當，我們出去了。」

雖然不是第一次，但每當父母對他的反應如此，他就更心寒、悲痛欲絕。

在二〇一八年，阿道夫三十九歲，已有妻小，原本應該進入中年發跡，開始要發展自己事業時，阿道夫的身體突然崩潰，難以控制自己的身軀跟步伐，就這樣倒下，只得不斷在家中與醫院往返。

他的妻子記得很清楚，有一晚，丈夫急性腸胃炎發作，叫救護車送急診，急忙通知阿道夫的爸媽，他們卻只說：「我們明天要去參加喪禮，現在這樣去對他不好吧。」

妻子無心戳破這莫名其妙的藉口，不斷拜託，阿道夫的爸媽才終於不情不願來到醫院，坐在急診室外等著，直到阿道夫的岳父母來到。

當岳父母來後，阿道夫的爸媽看著他們，說：「我們可以走了嗎？」

妻子跟她的父母應該第一次看到有這麼冷淡無情，如此對待自己兒子的「人」。

只是聽阿道夫這樣說，他的父母比起漠不關心，更像是「早就預期到會發生」的樣子。

畢竟他的爸媽做出這種事情：

將現在住的房子讓給阿道夫，說「空間比較大，讓孫子有地方活動」。等到他們搬過來沒多久，發生上述那些事情後，臥病在床的阿道夫卻突然聽他的爸媽說

「房子要賣掉去還房貸」，逼得他只能買下這間本來說是爸媽要給他們的房子。

曾經，阿道夫以為他的爸媽變了，想要對他好，要給他一棟房子住。後來某次偶然得知媽媽說這間房子有鬧過鬼，早就想轉手賣了。

這種挖陷阱給自己兒子跳的做法，令人不寒而慄。

聽完這些際遇經歷，我很難想像要不是有一個從學生時代就一直陪伴他的妻子，他應該早就放棄自己生命了。

而我看了他的命盤，一直覺得很詭異，跟他要了哥哥的命盤核對，才發現問題點。

這時候他才想起一件事情：

阿道夫在小的時候，有看過他媽拿著他們兄弟的八字做命批。

他印象很深刻，上面寫著他「這一生都不會有出息，而且只會花家裡的錢，個性也不好」，接著說他的哥哥「會很有出息，會做大生意、大事業，賺大錢」。

阿道夫不服氣之外，越長越大之後也覺得奇怪，明明他哥哥沒有什麼才能，甚至出賣過朋友，就是會被一堆人喜歡跟交流；而阿道夫做了多少努力，總是會被奇怪的人事物影響，而失去他本來應該得到的機會。

他童年記憶不多，只記得小時候曾被帶入一個道場，明明從來沒帶他出遠門過的爸媽，將他跟他哥哥帶到那個地方拜師，由於爸媽態度太過詭異，阿道夫抵抗爸

媽壓在他後腦杓的那雙手，抵抗爸媽要他向眼前的人拜師為弟子。

「這麼積極，一定是哪裡不對。」

阿道夫的直覺是對的。

我轉述師父的意見：「根據你跟你哥的人生際遇描述，以及看你們兩邊的命盤，雖然這番話離奇荒唐，師父說你們的命盤被互相對調了。」

我跟阿道夫要生辰幫他看紫微命盤，但他的命盤跟他所描述的際遇完全對不起來——他應當是個好命之人，說得誇張一點，大概就是挑過日子排定懷孕時程的等級吧。

阿道夫回憶一件事：他十七歲時，曾有略通命理的人說他的命盤很好，也有一個大師說是他好命之人：「現在已經在享受福報了。」

而這話在阿道夫耳裡聽起來格外刺耳，彷彿好像暗諷他「不懂得珍惜」，那些傷害他的事件通通不存在，對此他只能冷笑。

「若我真的好命，我又為何淪落於此？」

命盤與本人對應不起來，通常可能是生辰錯了，紫微斗數是依據出生時辰，套用固定公式將星宿排列至十二宮位，有他的運行邏輯。（不一定能夠對應到現實天文規則）

通常前後調整一下，跟事主確認如疾厄、父母宮的狀況大概就可以確認；但他

的命盤是怎麼調整時辰，都無法正確對照到他的人生經歷。

雖然也可以懷疑是不是他報錯，和紫微本身可能只是算數迷信（？），但跟著我母親學習、陪同算了這麼多年，還沒有發生過資訊給對了卻無法反映本人經歷的情況。

師父只默默表示，看了他的哥的命盤就會知道。

阿道夫因為要看自己的出生證明，手上也有哥哥的生辰，便給了我資訊。

我對照兩個盤，發現一個令人感到恐懼的事情。

哥哥的命盤有幾個現象：與父母緣分很淺薄，身體瘦弱，財帛破損，常遭遇小人等等……與阿道夫對比，是個命運乖舛的人生。然而這些卻都發生在阿道夫身上。反之阿道夫本應該擁有的人生經歷，都在他所厭惡的哥哥那裡。

結合師父的說法，只能推斷出這個結論：「因為大兒子的命太慘，所以計畫生一個好命的小兒子，然後再交換彼此命格。」

我想不透哪些人會做出這種人道毀滅的事情，但「換命格」這件事情在以前有耳聞過。

跟我媽媽說了這件事後，她說以前也碰到一位客人，也是做了某些儀式才被對調。寫稿期間也有大德私訊分享他以前「換命格」的經驗，不過沒有傷害到任何人。

雖然「換命格」這個事情聽起來很驚悚，但這個儀式最怕的事情就是「被發

現」。

人不可能在沒有面對困境、通過人生考驗情況下，擁有「命裡不該有的事物」。以阿道夫的哥哥為例，哥哥的能力並不好，實際業績也差，卻能夠在剛出社會時候就年薪百萬，並受人景仰；然而錢財留不住，幾年後也被公司解聘，只能拿之前勉強存的一點錢及父母親的贊助開餐廳。

之後更聯合父母親瞞著阿道夫偷偷把祖產賣掉，這些錢再拿去幫哥哥買房買車。他們大概是想透過實體物品來避免流失吧，即使他們知道，那是不屬於自己的錢財。

雖然有點難說明詳情，不過一旦被發現「換命格」這個情況並且點破，不屬於自身的，自然會離去，回到本來應該享有的人身上；而無辜受牽連者所承受的部分，也會回去那些人眼前面對。

阿道夫本人這些年因為身體的病痛，後來又遭遇爸媽拋棄，導致身心都出現狀況，只要跟陌生人講電話就會容易緊張、恐慌、焦慮，無法繼續對話。

當年四月，我跟度度來到他們家會面，透過神尊幫助，將他本應有的命格運勢帶回來，把非本人承受的苦痛應報還回去。

#不過他們家又有另外一個狀況

#這部分再另外說明不然會太亂

#只能說玄天上帝引薦來的事主真的都有一個特徵 Orz

阿道夫傳訊息給我們，在我們處理過後好幾次夢到他的爸媽，然而夢裡卻是他未曾經歷的事：初期是他爸媽帶他出去吃大餐，旅遊，但神情略顯不耐，與現實生活中的遭遇相符，後期則漸漸轉變成神情和悅。

那些夢大概是本來他應該經歷的事，同時也象徵運勢的回歸吧。

雖然速度緩慢，但阿道夫有跟我們說，自己的記憶力跟身體似乎都有開始回穩的跡象；陪伴多年的妻子也跟我們私訊說，他已經越來越好了。

而爸媽那裡，由於長年來的種種事情，到上述被迫買房事件後就互相封鎖，所以也無從得知近況。阿道夫的夢境內容似乎可以看到一些跡象，不過暫時也沒辦法實證。

身體孱弱要恢復不是一天兩天就成的事情，上帝公也要我們持續追蹤。阿道夫定時回報他的狀況，身心逐漸好轉，也是讓我們比較安心的消息了。

只願早日他能拿回他應有的。

顛顛後話

我母親在幫人算紫微斗數時，事主都會被嚇到，好像什麼都被看透一般。也會有人很怕算了之後出現「是不是我的人生只能到這樣」，命運無法改變的可能云云。或曾因某些老師說「那個誰誰是你的冤親債主」，就不明所以承擔他人的課題與果業，還以為自己不夠努力，不夠負責。

多年陪同我母親學習及自己經歷後，我覺得這樣解釋會比較恰當：命盤只是說明一個人會因為先天家庭背景跟後天成長經歷，而做出哪些選擇與未來。然而這並不是無可改變的宿命。不如說透過解釋命盤，梳理過往與理解自身過去經驗及影響，嘗試調整，做出改變。

有一位事主曾受家人情緒勒索所苦，因一句「父母是累世冤親債主」，久久無法脫離現況；但他在聽完關於自身命盤裡各命宮的解釋，終於釐清問題的根本：處理家庭關係裡面的心結。

事主重新與家人溝通調整關係，處理雙方的課題，從心結中互相解開，從「累世冤親債主」變成「家人」。

「我的問題都是別人的錯」，這種想法並不能處理自己所面臨的議題——「不想讓他經歷我經歷的痛苦」，因此擔下了對方的考驗，可能使得雙方都陷入困境。沒有什麼輕鬆解決的方法，直視一直在逃避的問題，開始思考如何處理，其實就是正在解決的道路上了。

「換命格」這種方法，沒有經歷考驗獲得的事業與成就，看似一帆風順，仍不是自己福德，遲早會溜走；而害人利己的惡果，通常會在他們以為逃過報應時，出現在眼前。

希望大家都好好面對屬於自身的問題，努力過後獲得善果；而想把問題丟到別人頭上的傢伙，都能用十倍速度，用迴力鏢形式打回他們身上。

#命盤占卜不是宿命論更不是可以任意換命
#每個父母都跑去挑時辰懷孕就好了幹麼活得這麼辛苦
#你的孩子不是你的孩子
#更不是玩具
#是人

「每天一直都有好幾個聲音在旁邊煩我，指使我要做什麼事情，不做什麼事情就要威脅我，我真的快要發瘋了。」S一見到面時，便道出她幾十年以來困擾最久，最大的夢魘。

S從出生時，就不是「孤單一人」的狀態。

還在媽媽胎裡未誕生之時，S便有一個兄弟一直陪伴，那是從上輩子就有過約定，也想要一起被生下來。然而不知什麼因素，本應做為雙胞胎出生的S他們，只有S誕生出來。

自從那時開始，S便與她的「兄弟」一直生活在一起。

乍聽之下，很像《超能殺機：兩個靈魂》裡面，由艾倫・佩姬飾演的祖迪，與她未能出生但共伴的艾登，縱使人生殘破，但還是有兄弟一起生活與冒險的故事吧？

如果現實有這麼完美就好了。

實際上，S的兄弟非常怨恨S，認為S搶走本應為「祂」的肉體誕生下來，

取代「祂」生下來的機會。因此不斷地干擾與下指導棋，要求S應該如何做；而S長期受到兄弟的困擾，身心方面都受到極大折磨，也影響到她的人際社交與感情關係，常常無法控制自己。

「真的很痛苦，我也非常孤單，非常非常地寂寞。」

S本身也因為這樣的緣故，也接觸了不少其他法門，想嘗試是否能夠解決這樣子的狀態。

佛道教、天使系統、薩滿、頭薦骨……

S傾訴：「雖然學習了很多，甚至自己也當了靈氣課程講師，但還是無法解決我身上的問題。大家都說是我有問題，但我看了幾十年的醫生都好不了，一直被說有病卻醫不好，真的讓人很厭世，我的狀態講出來都沒人信，哈哈哈哈。」

S接近崩潰地慘笑著。

而也因為「兄弟」的緣故，S處在容易被靈體進入的狀態，而當我看到她的時候，身上卡了一個年歲約三十出頭的女性，以及一個七、八歲的男孩。而她也知道她身上不單單只是「一位」而已。

「女性我不知道怎樣，但那個男孩非常想當妳的小孩。」

「拜託拜託千萬不要。」

慶幸我跟S是約在廟裡，我就看著「祂們」被卡在廟外，想接近也接近不了。不過也因為這樣，才真正檢視到S身上殘破的靈魂狀態，以及看到了一些非常痛苦

的畫面跟結局。

怕再不處理不行了。

我們走去地藏王廟，請了地藏菩薩、范謝將軍，協助處理S的狀態，花了一番時間跟功夫，才終於把那些東西趕走，處理完畢。

S也因為這樣虛脫了好幾天，畢竟是從她身上抽掉了陪伴幾十年的靈體。

過了幾個月，再約一次見面問事情，她說：

「謝謝你，我好久沒有感受到這麼寧靜的日子了。」

不方便講她與「祂們」之間那些緣分的細節與過往，但至少她真的開心多了。

後來再跟S見面複診（？）時，有說了一些好笑的事情：

S的老家中有在祭拜媽祖，媽祖跟S的感情還算不錯，在「兄弟」還在或離開時，都有來安撫她，才免去更多暴走的可能。

而S的左半邊一直都處在有點空的狀態，也是估計受兄弟影響造成；而再見面時，看到左半邊已經慢慢有在填補的感覺，而一部分是媽祖，一部分是……

「耶穌？」

「欸對。」

估計S也是跟天主基督有緣分的人吧，她說在她狀況還沒穩定、不太好的時候，都會感受到一股溫暖的光芒，以及溫柔的聲音，讓她整個人舒緩下來。

S也有在考慮改信仰，不過不是這次的重點。

S說，她有感覺家裡媽祖跟一般媽祖不太一樣，估計是家人親戚太過煩躁及讓人擔憂的關係，家裡的那尊媽祖非常地凶，像是一位本來很溫柔的媽媽，被冥頑不靈的孩子弄到爆炸，只好用很凶的方式才能夠讓家裡安靜下來。

而這位媽祖非常愛吃辣味炸雞。

S有一次去上課程，是關於連結自身的指導靈，當S想到媽祖的形象，連上後突然聞到一股炸雞香，她就問旁人跟老師：「你們有沒有聞到什麼香味？」

老師聞了聞，表示：「欸，好像真的有，是炸雞。」

而當課程進行越久時，幾乎所有的老師跟學生都聞得到炸雞味了。

「等等人家神明過來是檀香味，妳的媽祖過來是炸雞味？」

「對啊！不覺得很好笑很好玩嗎XDDDD」

寫著寫著也好像聞到炸雞味了。

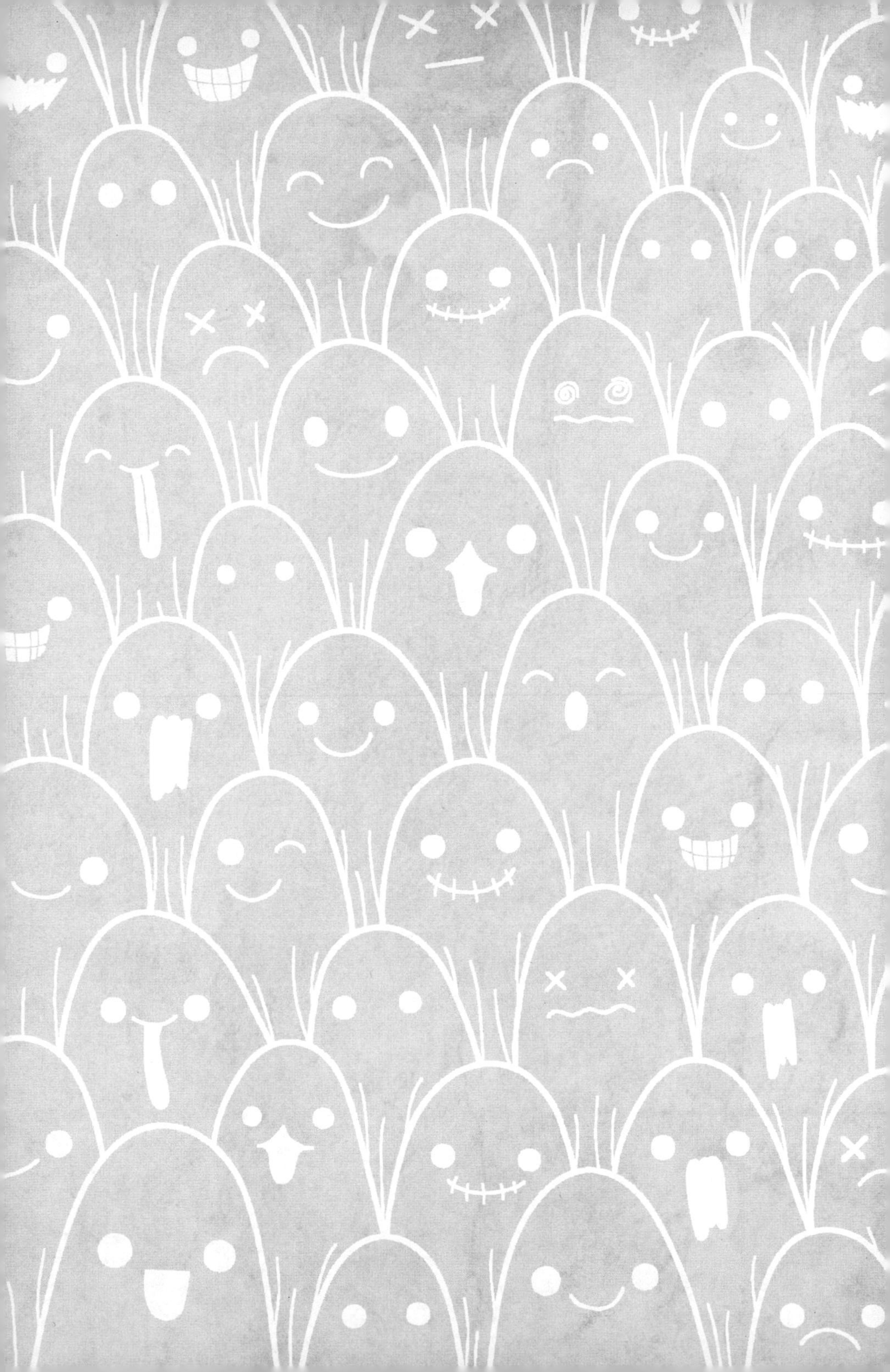

厭世弟子的修行牢騷

地基主

柯基觀察通靈日常1

這是我人生中第一次覺得，地基主真的是個很辛苦的職位。

前幾天家人在晚上睡覺時遇到了鬼壓床。因為從來沒有被壓過，所以我特地拍了家裡的照片，想請顛顛鑑定一下是遇到了什麼狀況。

結果他一看到照片就說：「欸，你家好擠。」

「靠么！拜託講之前先給我一點心理建設啦！」

根據他確認過的結果，這些靈體似乎都沒有惡意，反而很像是來排隊等什麼的樣子。

「你們家好像沒有地基主，該不會是來排隊應徵地基主的吧？」

「要應徵的人擠到要踩在老闆身上，這樣對嗎？」

考慮到情況特殊，加上我姊也有事情想問，顛顛決定親自來家裡看一下。我本來還有點擔心，不過爸媽很爽快地直接答應，讓我有點訝異。

「要見你的父母了，我好緊張。」

「不要說那麼容易誤會的話。」

來到家中，顛顛狐疑地看了屋內，繞了一圈，表示沒有半點當時看到的閒雜飄等，說：「原來你們家是有地基主，只是在主臥房的浴室裡畏縮地躲起來，讓我有點疑惑。」

照理來說，地基主通常應該會待在廚房或是浴室裡沒錯啦，但是明明外面就有廚房，也有比較近的浴室，為什麼要躲在家裡最外圍的這個角落？

結果顛顛跟我說：「我有詢問那位地基主在害怕什麼，結果他給我看了一個畫面，是一個氣場很強，看起來很凶惡的男性。」

聽到這話時，我爸在旁邊一臉尷尬地表示：「我那時候聽到家裡有很多外來雜靈，莫名很火大，立刻在神桌前拜三炷香恭敬請神明與祖先做主，該留下的就留下，不該留下的，一律肅清。」

根據顛顛轉述地基主的現場印象，當時肅清的場面，貌似、有點、可怕……

「那這跟地基主待在這間浴室裡的關聯性是什麼？」

「因為祂會怕你爸，但你爸不會用這間浴室。」「嗯，我完全能理解。」

故事的虛實

柯基觀察通靈日常2

「老實說我很難做到像你這樣。我只能從聽過或看過的事件裡，找出可用的橋段，把它刪剪修改之後建構成故事。我沒辦法像你一樣憑空生出一段情節。」那天我和顛顛聊到一半的時候，他突然就冒出了這麼一句話。

「我也很難形容耶，情節這種東西都是莫名其妙就出現的啊。」

雖然這是我百分之百發自內心的真誠回答，但顛顛還是用他的臉部表情非常明確地傳達了一個「我聽你在放屁」的訊息給我。不過我也承認啦，這種話聽在旁人的耳裡，就像遇到考滿分的同學一臉含蓄害羞地昭告天下說他昨天晚上一個字都沒有讀一樣。

為了避免未來的日子裡顛顛都會把我當成屁屁偵探，我也只好試著用我最近的情況來做比較明確的比喻。

我前幾天騎著我的機車去機車行做檢查，順便更換零件。但是就在修車師傅把

輪胎拆下來更換的時候，一個情節突然就從我的腦子裡冒了出來：

「想像一下，你今天是一位修車師傅，晚上九點了，其他人都下班去了，剩你一個人還在做最後的收拾。這時候有個年輕小姐牽著她的車來找你求助。你稍微檢查了一下，認為應該是後輪出了問題，決定拆卸下來檢查零件。結果你意外發現，在輪軸的地方，似乎有什麼東西交纏在上面。你稍微用了點力把那東西扯了下來，在夜晚燈光的照映之下，你發現那好像是一撮，很長的頭髮。

是什麼樣的情況，才會讓這麼一大撮頭髮，纏在那個位置上呢？在你心裡思考著這個問題的時候，你注意到了第二個問題。那個小姐也看到了——

『而她現在正站在你的背後。』」

在聽完我講出這一大串情節之後，顛顛露出了一個略顯呆滯的表情，正當我想叫他回神的時候……

「一九×五。」這次換我露出呆滯的表情了，在我還沒來得及開口問之前，顛顛就逕自往下說了下去。

「我不知道那是什麼意思，但是你剛剛在講述這段情節的時候，我有看到一些數字跟畫面。」

「你的意思是說，這個情節很可能有部分是實際發生過……」

「×月二十六日。」

「欸不是先等一下我沒有想要知道這種細節你這樣會害我以後很難寫故事……」

「新竹。」

「先不要窩不想知道！！！！！！！」真的不是我要抱怨，這些通靈人實在很難聊天。

狐仙

經同意之大德投稿

二〇一九年時，我在健行活動時認識了一位女生，後來常常出來見面，不過她很愛聊異性或感情相關的話題，十句裡有一半的句子不離異性跟感情，只要新認識什麼男性朋友，就會一直談論關於那個男生的事情。

雖然這樣說不太好，她外貌沒有很出眾，個性也不是特別有魅力，卻跟很多不同男性有親密來往，明明有婚約，預計二〇二〇下半年要嫁去日本，但一直有不同的曖昧對象，甚至和對方進展到親吻跟差點上床。

雖然如此，這個人還是滿健談，某種程度上她有一些我羨慕的特質，之後三個月還是跟幾個朋友一起出來吃飯聊天。

她本人對於算命、塔羅、星座之類的東西很有研究，對於那種好像可以掌控運勢的東西特別有興趣。

有一次我們一群人晚上約吃火鍋，吃完後，她跟我一起走一段路，一邊聊天。

她突然說，要我跟她一起去某個地方。

我問她要去哪裡。我們約吃飯的地方剛好是林森北路附近的火鍋店，她就說她要拜林森北路那附近的狐仙廟。

她說希望我陪她去，我什麼都不用做，我就站在旁邊就好。

「我不能在外面等嗎？」我問。

她一直強調我在旁邊看就好，一直想拉我進來，顯然沒有打算讓我在外面的意思。但我覺得太奇怪了，她的堅持有點不合常理，我就拒絕她，留在狐仙堂外面。

她突然生氣了起來：「我把妳當朋友耶！妳為什麼不聽我的話！！！」

她氣話說完後，連進都沒進，就直接往另外一個方向快步離開。

那次之後她就再也沒找過我，過沒多久連好友都被封鎖了，但我反而鬆了一口氣。

後來某次來找朋友，剛好遇到顛顛（以前高中玩TRPG認識，也有找過他幫忙），就好奇地說了這件事情，問問這個是怎麼回事。

「這個女生是不是國字臉啊？」顛顛說了外型描述就嚇到，因為她很盡力留長頭髮去遮掩自己臉型，我也沒有拿照片給他看過。

「還好妳沒進去，雖然我沒去過那間狐仙堂，但那個強迫拉妳進去的感覺，怕是要借走妳的感情運一類，或布道、或賣妳就是了。」

「我？？？我異性緣沒有很好，欸不對，我身邊有滿多男性友人的。」

「不過大多都是GAY吧。」

「別說了，嗚嗚嗚。」

顛顛說我本身的危機意識，跟我們家神都能夠提醒我遠離這些危險的人事物，讓我放心不少QQ

#狐仙我不熟

#但不少人去拜後都有出過一些事情

#關老爺也貌似不喜歡狐仙

#但尼克好可愛嗚嗚嗚

迷魂狐

經同意之大德投稿

我大舅舅本性風流，兩年多前在聚會認識某位女性後，整個人開始變得怪裡怪氣，常常跟我舅媽爭吵一些小事，後來沒幾個月甚至開始不回家。

由於長輩可能覺得舅舅外遇這件事太難聽了，所以我雖然稍有耳聞，卻是一直到去年年中，因有事要去臺南時借住了舅舅家，才從舅媽的口中得知詳情：

舅舅外遇的那位女性，是某間學校校長，現在已經退休了，但在地方教育圈依然是很有知名度的人物。

而她供奉的是狐仙。

這件事在他們教育圈並不算是件祕密，雖然有被傳聞「會對哪個男老師下咒迷惑把人家耍得團團轉」的八卦，但大部分知情者都認為，她只是為了尋求外貌的美麗或維持人際關係，因此並不以為意。舅媽也只把婚姻問題當作舅舅跟自己沒處理好，並沒有想到其他情況，傷心之餘也只能先顧好自己，好好生活。

直到舅媽有次回娘家，剛好有一位親戚是關聖帝君的乩身，他說看到舅媽時，就說她跟舅舅都被下符了，必須處理。

當下那位親戚就準備好東西，即刻進行儀式。只是舅媽的符是除了，親戚卻面有難色地說明：「妳先生的符只要一破除，就會被貼新的上去，我實在不知道要怎麼解決。」

之後陸陸續續找了其他老師，也都是說一樣的話，而身為基督徒的舅媽也認為不該繼續這樣做下去，後來也不了了之。

聽完故事後，耳邊突然有聲音在告訴我：「有陣眼！有陣眼！」

我不明白陣眼是什麼意思，但沒多久，我突然感受到一股可怕的氣息，無聲地入侵我舅舅家，像是乾冰的煙幕一樣冷冰冰地蔓延開來，纏繞在我跟舅媽身旁。

我被嚇到彈起來，嘗試在內心怒吼著：「滾出去！」

結果那個詭異的煙幕迅速退散，往酒櫃的方向匯集後消失了。

舅舅有收藏酒的習慣，密密麻麻幾十支酒排列在裡面，當我走過去看到其中一支酒的時候，我指向那瓶酒，問了舅媽那支酒怎麼來的。

舅媽一看到酒，就哭著說：「那是那個女人剛認識舅舅時送的酒，就是從那一天舅舅開始變得很奇怪。」

舅媽才剛講完，就驚恐地看著我說：「這麼多酒你是怎麼認出來的？裡面只有

那支是她送的。」

那個說有陣眼的聲音在我耳邊大叫說：「就是這個啦！」

隔天我要離開臺南前，我就把那瓶酒帶走，找了個空地摔破後，將碎片收拾乾淨，請男友帶走，並丟在軍營裡的垃圾桶。

當下我就有告知舅媽我已經把酒摔破，隔了半小時後，舅媽就傳來訊息說：「舅舅回家了。」

雖然舅舅還是冷冷的不理人，至少不會對著她找奇怪的小事吵架。只是這好景只持續了幾天，舅舅又恢復成以前怪裡怪氣的樣子，跑出家門不知所蹤。

我想，舅媽應該不好意思跟我這個晚輩抱怨什麼，之後幾個月就沒有收到後續的消息。某次週末，我表妹受舅媽之託去臺南幫忙顧小朋友，竟巧遇不知道幾個月都沒有回家了的舅舅。

當天晚上，表妹打電話跟我抱怨，舅舅怪裡怪氣就算了，居然還對她出言不遜，連表妹這種毫無靈感的人都覺得舅舅中邪。

她說：「舅舅看起來不是舅舅的樣子，雖然外表還是，但我有點認不出來……我不太會表達，我也不知道該怎麼跟表姊妳說明那種感覺。」

畢竟舅舅外遇這件事情已經持續了好一陣子，我能做的也都做了，後來也不怎麼把這件事放在心上。

有一次休假閒來無事，我出了家門去附近的天后宮拜拜，向媽祖娘娘闡述近日生活小點滴。講了講，突然回想起表妹跟我抱怨舅舅的內容，於是我也隨意地講給媽祖娘娘聽：「娘娘，祢覺得我該約舅舅出來聊聊嗎？」

笑杯。

「祢是不是覺得我絕對約不出來……」

聖杯。

「雖然之前找這麼多老師都沒用……但我求助其他老師會有解嗎？」

聖杯。

我坐在地上思考了好一陣子，腦中浮現「甲鬼甲怪」的粉絲頁，我向媽祖娘娘詢問：「那我找甲鬼甲怪處理可以嗎？」

三聖杯。

我打開粉專，成功聯絡到顛顛，跟他說明情況。顛顛有與師父確認可以處理此事，我也向舅媽溝通討論得到同意，但舅媽身為基督徒，不方便出面，於是委託我代替她北上，找顛顛會面處理。

會面後的當晚，顛顛就通知我說：「我向神尊們確認，狐仙抓到了，雖然中途逃跑，但祂們說，那位應該不會再來找妳舅舅他們麻煩了。」

覺得好棒棒一切都好順利的我，心安理得後便上床睡覺。殊不知，隔天去上班中午午休時就做了一個夢。

那是一個夢中夢。

第一個夢是我見到一隻狐狸，我看到牠左腹及左大腿受傷了，所以想接近抱牠去包紮，但是當我的手伸過去，牠瞬間伸出爪子跟獠牙想抓咬我，我嚇到跳起來退後幾步，只好假裝沒有要碰牠，慢慢地靠近。祂神情漸漸緩和下來，自己主動伸出前腳摸摸我的頭，接著我把牠抱起來後，我就醒了。

醒來後發現我還在夢裡。第二個夢是，我夢到顛顛，告訴他剛剛做的夢的內容，我說：「那隻狐狸說牠只是貪玩而已，沒有想故意傷害誰。」

然後我就在辦公桌上醒來了。

我不斷告訴自己是心理暗示，或是日有所思夜有所夢之類的，洗洗臉便繼續辦公。但越想越不對，這麼鮮明又有觸感痛感的夢很少見，除非是被托夢的時候……於是我決定跟顛顛報告一下。

顛顛才跟我補充說明：昨天晚上狐仙是被關老爺帶著兵將打跑的，而且關老爺非常火大，怒氣沖沖地衝出去打狐仙。

顛顛說，祂應該早就知道我的存在，但祂只是想知道解咒的人，是誰破了對舅舅的魅惑，並沒有想傷害我。

不過我心裡的OS是：「所以那個狐仙其實早就知道是我摔破祂的酒、壞祂的好事了嗎!?幹！虧我怕被盯上，長達半年都不敢去舅舅家玩……QQ」

當天下午我走進老闆娘的辦公室，感覺到奇怪的氛圍。打開旁邊一扇門，進入

老闆娘的私人休息室時，我似乎看到一隻大動物蜷縮在床上。但因為我靈感沒有很強，只能看到一坨毛茸茸圓圓的，占滿床鋪的樣子。

我小聲地脫口問出：「是老虎嗎？」

「是狐狸啦！！！差這麼多！！！」一句尖銳的怒聲傳進耳朵裡，也突然能清楚看見一條大大的狐狸尾巴不耐煩地揮動。

我嚇得身上每一根毛都站起來，看向旁邊公司內本來應該在的地基主，祂居然給我心虛地躲起來，老闆娘每個月初二、十六拜得那麼豐盛，這樣做對嗎？？？

我顫抖地看向那隻狐狸，但想起剛剛的夢，認為祂應該不會傷害人吧……於是便叮囑祂一句：「如果祢不傷害人，我就不趕祢走。」

祂轉瞬即逝，龐大的身影就這樣消失了。

我鬆了一口氣，放心地走回去繼續辦公，也忘記要跟顛顛回報這件事。結果隔天來上班時，發現整個公司氣氛不對勁。狐仙氣息蔓延了整間公司，每個人情緒起伏得很詭異，連公司的狗也一副死不進門的樣子。

我慌張地跟顛顛報告此事，結果一邊手機打字，一邊開始頭痛，轉過頭就看到那隻大大的狐狸站在辦公室門口怒瞪我，顛顛便要我想像關老爺在現場的樣子。

我閉上眼一邊想像，一邊在心中吶喊著：「關老爺救命啊啊啊啊啊——」

一張開眼，我就看到關老爺威風凜凜地站在我旁邊，而狐狸跟狐仙氣則是消失得無影無蹤。

「關爺爺，祢可以在公司陪著我嗎？我真的很怕……」

關老爺笑著用手理鬍子，道：「我忙著呢，沒事，祂不敢再來了，ㄚ頭別怕。」

說完後，關老爺隨風一瞬，便消失在我眼前。

擔心我受傷的顛顛，當晚也寄了東西給我護身。我必須說，真的超厲害超好用，平常睡不飽的我連續好幾天精神超好。

後來跟表妹閒聊時，意外得知愛跟家人設定定位的舅舅，全家族在事情爆發後就沒了他的定位，但不知為何，表妹依然持續能更新到舅舅的位置。她截了一張定位圖給我，上面還有明確的地址，我直覺地認為一定是女校長的住址，於是我又跑去跟顛顛聊了此事。

顛顛說：「如果告訴城隍夫人這件事，應該會有定奪吧。」

結果我一發定位地址給顛顛，他過沒多久就說背後毛了起來。因為他跟著濟公師父一同去廟裡找城隍夫人告狀，而夫人接獲之後馬上就出發了。

「似乎是在逃已久的通緝……狐？總而言之，城隍夫人表示這件事由祂全權處理的樣子。」

顛顛又說：「師父也跟著去了，祂最愛這種八點檔戲碼……」

我的腦子突然跑出師父搧扇子展開笑顏的畫面……

從那天以後，雖然女校長仍不停不停地下符咒，但城隍夫人很勤奮地緊盯監視，一發現狐仙的蹤跡就立刻驅除，大概也沒什麼機會像之前那樣控制舅舅了。

漸漸地，舅舅開始有所轉變，回家次數變多，提到女校長的次數也越來越少，和他人惡語惡氣的模式緩和下來，以前對家裡不聞不問的他，甚至在聽到有人對自己的小孩不友善，還會站出來發聲幫孩子出氣。

最近舅舅舅媽還一起出去逛街，舅舅主動買了一副頗有檔次的耳環贈與舅媽。看到舅媽又驚又喜的貼文，甚至久違地一家人去澎湖旅遊，發了一張合照。

我想，這件事也算是塵埃落定了吧。

至於剩下人與人之間的人際問題，就由他們自己解決去吧。

顛顛後話

當時協助辦事的時候其實很怕，怕說狐仙來找碴或是每天來騷擾，但詢問大德家中供奉關老爺後，祂只給我「你不用怕」的指示，說祂後續會處理。

後來詢問師父才知道，關老爺似乎很討厭這種下咒妖惑他人的傢伙，所以會特別關注。

不過聽到事主回傳舅舅跟舅媽的關係變化真的是嚇了一大跳，說實在我也沒把握能夠幫到哪裡，聽到了這樣的近況，心裡也真的是放下一顆大石。

總之我跟事主還是有持續保持聯絡，直至真正把事情完全結束掉，我才會真的安心吧。

嗯，睡很差的原因終於找到了……

#關於師父一直在睡夢中抓我出去辦公的這件事情
#白天過勞晚上也加班
#神明到底有沒有勞基法啊啊啊

兒少夢魘

經同意之大德投稿

不相信的人可以當作是創作文來看，但是我自己可以向所有人發誓，這些都是我自己的親身經歷。

我從小到大，一直以來都會做惡夢。

夢裡的狀況是我跟自己的祖先爭執，有的時候是被綁起揍、有時則是夢到被不知名怪物性侵的過程。大多數的夢魘都讓我處在極大的恐懼當中，但是我總是不記得全貌，搞不清楚我是不是真的受到『性侵』，搞不清楚性侵我的人，是不是我的『父親』或是『別人』。

於是，我從小就精神耗弱，直到成年惡夢才逐漸和緩，不過睡眠還是在很糟的狀況。

大概是今年三月，我知道了「甲鬼甲怪」這個粉專。一開始跟濟公師父碰面，是想要搞清楚自己到底發生了什麼事情。一進門的時候，陪同我拜訪的太太就以完

全爆出眼淚的方式哭了起來，但太太跟濟公師父都跟我說，這份眼淚是代替我而哭。

因為我跟自己的身體還有情緒被完全切斷，這是典型創傷症候群的反應，個人完全失去與自己感受的連結。師父跟我說，我的七魄當中有兩魄，因為極其巨大的恐懼而鬆脫了，我的靈魂有巨大的創傷。

師父協助我穩固我的魂魄後，當下就有巨大的悲傷湧了上來。

我回到性創傷的當下，發現我在十歲的過年期間被餵下安眠藥，被親戚設計，在渾渾噩噩的時候被我的親戚性侵了。中間不論我如何掙扎與反擊都沒有用，因為我只有十歲。

那天回到家中，在夢裡，祖先將我創傷的記憶都用金鎖綁了起來。他們說這是一件很丟臉的事情，要讓我不再回想這份記憶，也不會感覺到痛苦，但我也不再感受到自己的感覺與情緒，而所有的記憶混雜其中，於是我分不清楚創傷的現實與夢境，以及被綑綁的兩者差異。

回到現在，我請師父幫我告了陰狀。

分別是註定之後會有現世報與下地獄的親戚，還有祖先。

五月的時候，我夢到自己的奶奶對我說：「阿罵捨不得」，我哭著醒來。

我晚上去附近的廟宇拜拜，想要感謝阿罵的關心，想說是不是這樣就好了，但卻一直沒有得到神明的聖筊。我突然一個心血來潮，問神明說：「是不是我的祖先

要對我不利。」

然後，聖筊。

「想問關聖帝君能不能幫忙化解？」

陰筊。

「帝君的意思是不是說這邊沒有辦法處理，但是其他神明可以幫忙？」

聖筊。

於是我跟太太一路問，問到了新莊的地藏庵。

當天晚上趕在地藏庵關門之前，我懇求地藏王菩薩幫忙，在問到某一代祖先試圖對我不利，想將我的記憶再次綑綁起來。我當天就在驚恐的情緒中回家，並嘗試在家中布置結界之類的東西，幸好當天平安無事。

我再次跟師父約碰面，得知的消息是祖先甚至拿著令旗抗告，稱他們另有隱情。

後來得知是某一代祖先疑似也曾對他人做了類似的事情，而當時的受害者下了詛咒，於是我某種程度上，被迫應了這樣的債。祖先的說法是，這並非祂們願意的事情，綁我的記憶是為了幫助我在精神上的安全。祂們說，這並不是要為了懲罰我，而我那時想說犯人也不是他們，於是最後仍與祖先和解。

但是，我對於祖先們如此執著要綁我記憶的事情還是起了疑心。

我總覺得我還是忘記了一部分的記憶，而這個部分才是真正的重點，這才是祖先們想要拚命掩蓋的東西。

隨著越來越多記憶回歸，我逐漸拼湊出完整的面貌，想起了整件事情的脈絡。

在國小一年級的時候，我用言語頂撞了罹患癌症的國小老師，後來竟然一語成讖，祂在我二年級的時候亡故。在夢裡，那位老師直言這是我的責任，祖先們則安排讓這位老師日後成為我的子嗣，以化解冤親債主的追討，並同時安排這位對我有怨氣的靈魂，先留在我的身邊。

那位國小老師的怨氣與恨意在我十歲那年的過年期間一次爆發出來——她策劃了整個過程。

這位冤親債主附身在我身上，用我的身體引誘了親戚，並在我神智不清的情況下，無論是物理上的安眠藥，還是體型上的落差，甚至靈性面之上，我都只能對性侵的過程毫無招架之力。

而這件事情才是祖先極力隱瞞的。

後續經過濟公師父的確認，我也前往新莊地藏庵再次確認事情的真偽，發現了更加不堪的事實。

「請問地藏王菩薩，我的祖先是否安排那位老師的靈魂在我身邊？」

聖筊。

「請問地藏王菩薩，我的祖先是不是想要給我一個教訓，但是弄巧成拙，發生

了創傷？」

聖筊。

「請問地藏王菩薩，是不是我的父親委請祖先管教我，所以祖先允許老師的靈魂給我苦頭吃，卻沒想到發生了這件事情？」

聖筊。

這才是為什麼，我搞不清楚性侵我的人到底是我的『父親』或是『別人』的原因。

因為我父親在某種程度上，促成了這件事情，讓我應了很久以前，他人對我家族的詛咒，並透過我自己的冤親債主，使我受人欺凌。

顛顛的後話

前陣子常常遇到家裡出了很多無法解明事情的個案：集體性男性家人身體不好、只要離家太遠就會出意外離去、不同家人親戚卻夢到一樣的事情……

這種多半是家族出了狀況，祖先或祖業的問題影響後代。我甚至見過不少已經離世六、七十多年尚未投胎的祖先。

他們認為沒有自己「幫忙」，後代就會家破人亡，因而不斷干預活人意志。

當然，也是有遇到好的祖先庇蔭後代，只是當祖先在世之時就待人不善，也不

用期望身後能夠成為多好的人。

希望有找過我們幫忙的朋友，都能夠好好地為自己而活，不用活在被控制，跟情緒勒索的世界中。

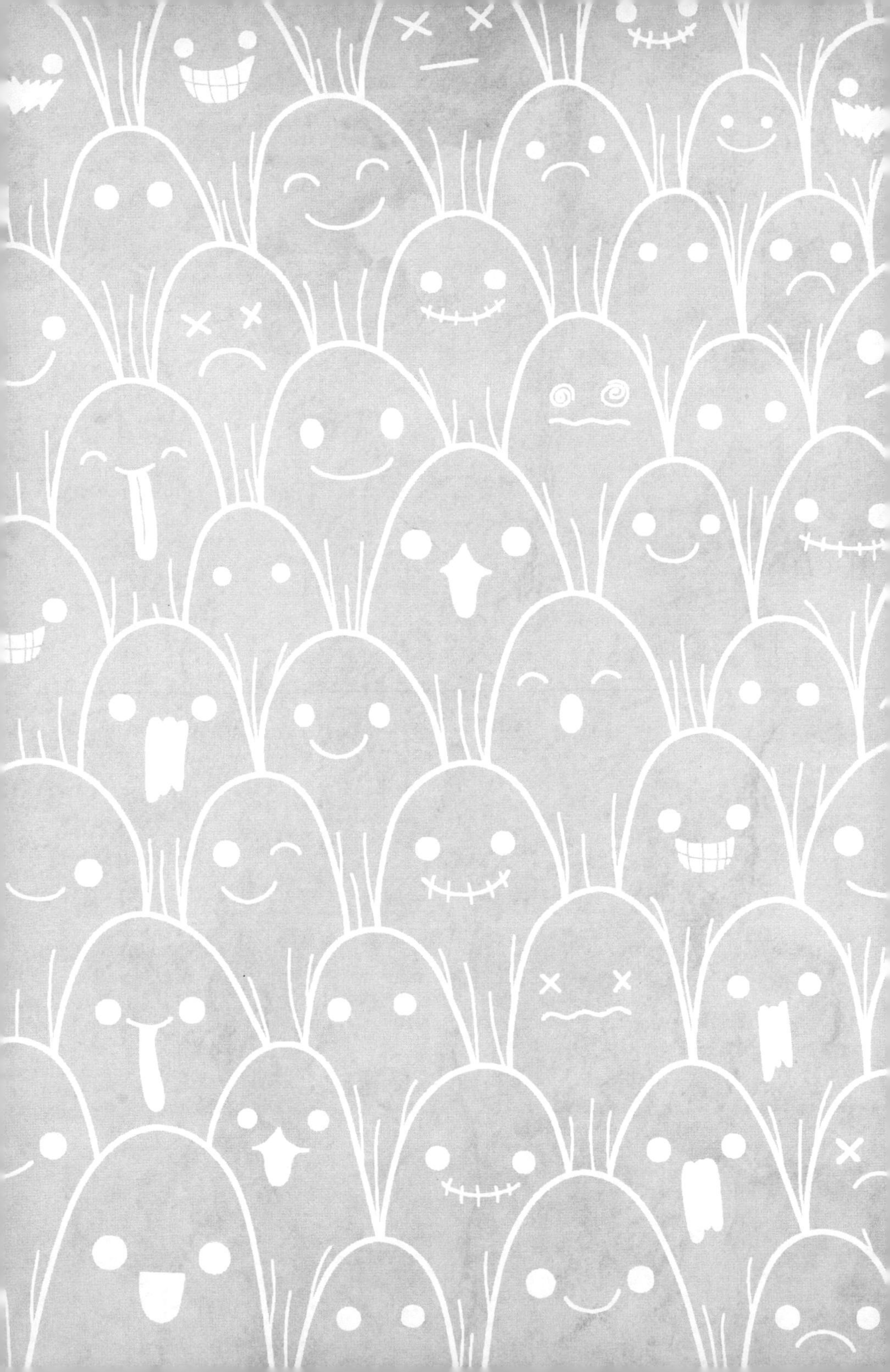

不可不信的民俗分享

通靈感應

一般人遇到靈異現象或是無形困擾，通常都會很難表達他遭遇到了什麼，甚至連自己身上發生什麼情況也不大清楚。畢竟不是肉眼所見，又很多光怪陸離超乎現實的景色，實在很難找到恰當的描述來說明。

為了能夠讓來訪求助的事主理解他遭遇的問題，我都用「我」看到什麼畫面，來解釋我跟師父通靈通到哪些事情，也方便讓對方可以具體想像，比較能夠進入辦事狀況。

不過，有些客人聽到我們說「看到」的時候，常常跳出這樣的疑惑：「你們都說『看到神明』、『被鬼的樣子嚇到』，那會不會分不清楚，眼前哪些是現實，哪些是另外一個世界的事物？」

以前也有朋友開玩笑說：「他們會不會在路上擋住你們去處，像躲貓貓似地在那裡干擾啊？」

或許大家認為的通靈可能類似「陰陽眼」，想像我們用實際雙眼看到祂們，靈界與現實畫面疊合在一起。實際上除了特殊情況，一般在處理事情或路上，我都不

是用肉眼看到祂們，更多時候像是一種「感覺」、「感知」、「一個想法化為畫面」等等感受，湧入我的腦海逐漸形成一個景象，與我真實眼前視野所見同時看到。

若有點難想像的話，今年年初有一款遊戲名叫〈靈媒〉（The Medium），遊戲中有特殊體質的女主角，可以同時看到現實和靈界兩個畫面，也能夠自由切換選擇只看到其中一邊，那個畫面表現，其實就還滿符合我認知到的狀態。

撇除特殊體質或通靈者，一般人其實也可能出現「類通靈」的情形。雖然會覺得「自己是麻瓜，什麼都看不到」，但人體身上，能夠察覺另一個世界存在的感官，不只有眼睛。

之前有一位客人來訪，說他出現一些「自己被鬼怪纏身」、「有人對他下咒」等等情況，不堪其擾，很難正常生活。

而我問他看到什麼，他茫然地回答：「我沒有看到他們的樣貌，比較像是聽到一些聲音，接著冒出一個可怕的感覺，形成陰暗的畫面，感覺是個空房裡頭有年輕女性一類的想法，一直在腦海盤踞，很難脫離那個念頭。」

知道他是用「聽覺」來感知察覺後，經由師父協助，除去他身上的無形干擾，並教導他如何用「聽」來辨別聲音是來自現實、靈界，還是純粹為自己嚇自己的想法而已。

除了視覺跟聽覺，我也有見識一些朋友，分別用嗅覺、味覺、觸覺，來感知周遭有沒有靈體或神明，或是察覺現場空間，可能發生過什麼事情，或預先看到接

下來會出現什麼人的情況。平常我們可能都會把這種感覺，當成「直覺」或「第六感」來解釋，不覺得有些什麼靈異或媽佛的成分在。

「因為那些都是可以從現實中找到線索，加上自己經驗判斷，產生危機意識與應對方法，這一點也不像通靈啊。」柯基聽到我這樣講的時候，不免吐槽了一下。

「那你覺得紫微斗數算通靈嗎？」我問。

「不算吧，他跟星座那些比較像是統計學累積出來的技術。」

「那你還記得上次我媽幫你算命盤的事嗎？」

有一次我帶著柯基去見見我母親 aka 實體師父（？），閒聊過程中問起自己的命盤，結果才給了出生年，就幾乎講完所有在柯基小時候到現在，自己和家人發生過的大小事。而因為我母親講得太順，連某些比較個人的生理狀況，如脹氣也略提到了一下，讓他當場尷尬了起來。

「她也很愛講自己只是看你的命盤，一直強調她不會通靈啊。」

柯基大叫反駁：「哪有人只給出生年，連生日都還沒有就講完八成的！！！那哪是看盤，根本在通靈！！！」

有時候真的很難判斷，哪些情況是直覺第六感，哪些是通靈通出來的。

#關於通靈的感應二三事

#某些人聲稱說自己是科學推論或直覺判斷

#但表現出來根本通靈

「你們有遇過無神論者嗎？」

我不只一次遇到身邊的朋友問我們這種問題，也真的有認識無神論者。我們對於各種的宗教信仰或是民俗觀點，一直都是抱持著非常開放、自由的角度去看待。只要保持初衷善意或相互尊重，不論無神論或不可知論者，皆是處在同個土地上的臺灣人。

認真來說，信仰是基於個人信念而凝聚成的事物。所以當一個人相信的意念足夠強大時，就有機會可以引導出同樣強烈的力量，來協助他向前。

「**#想像力就是你的超能力**」

「別講幹話啦！」

反之來說，當一個人不信的意念足夠強大的時候，那或許也有機會建立起強力的防護罩，隔絕各種來自超自然的影響力。

所以我有時候也滿羨慕無神論者／不可知論者。

朋友霖哥在日常生活中他沒有碰過鬼怪，因此對於鬼怪比較像是「好奇有趣的文化研究」，並非出自於信仰。他自己定義成類似無神論者或不可知論者，但尊重

有信仰的朋友，也會跟著家裡拜拜，幫家裡神明桌擦拭及換水，不是出自於相信而是體貼家人。

他有一位因興趣始然，從研究者變成道士的友人。

某次他帶著玩笑語氣問這位道士朋友：「欸，你有沒有什麼法術可以讓我班上的學生乖一點？他們真的讓我有點頭痛。」

朋友竟回答：「有啊！你相信哪一個神尊？」

霖哥想了想，說道：「其實都還好，我沒有什麼特別相信的神明，應該說我對神明沒什麼信仰。」

「你這樣我很難做事哦，你又不信任祂還要祂幫忙，效果會很差哦。」道士朋友挖苦。

堅定的無神論者看似不會受到任何神明庇護，但同時也不會受到鬼魅侵擾。畢竟惡意之物是靠著人類的恐懼存活，若人不怕甚至還嗆祂們，先跑再說。

「那不就是我嗎？」柯基聽聞後如此表示。

「沒有，你是被上帝公保護變成絕緣體，還可以幫人消磁。」

「……我到底是人類還是水晶礦石？」

這樣的人某種意義上是幸運的，代表他可以排除很多不可控制的因素。雖然沒辦法獲得多少神明幫忙或保佑，但也不會受到太多好兄弟插手管事情，除非作死太誇張或不尊重他人，比如去別人家砸神主牌、殺人放火、強迫信徒吃不潔食、人品

太差一堆人要下咒……

「怎麼辦好像真的會有人仗著這種找死的心態，故意去做這些事情……」

「你不是都說最複雜難搞的都是人嗎？」柯基吐槽。

不過比起無神論或不可知論，崇信或盲信，我碰過最麻煩的，還是「信鬼不信神」的人。

S是一個這樣的代表：

「神明不就應該是人們求助就要幫忙嗎？為什麼我還是卡成這樣？祂們真的會幫人嗎？」

「應該說要找出原因啦……妳為什麼會怕鬼怕成這樣？」

「我也不知道但我也不想，我只是想不要一直被鬼壓床，我壓力好大。」

我稍微提醒，可以的話每隔一段時間，就去廟宇拜拜祈求個平安，S也說好。

只是這個「隔一段時間」就是隔一年。

她後來還是因為不斷被壓，又來和我見了一次面。

聽到隔了一年才拜後，我不禁嘆息：「妳也隔太久了吧……」

「啊我就不常去廟裡啊……」

濟公師父只表示無奈，只能盡量幫忙了。

不過與其講信鬼，說她「怕鬼」可能貼切一點。如S這樣的人對於信仰基礎比較薄弱，也對宗教儀式多有質疑，卻沒有連帶降低他們對於鬼魂的恐懼程度。這樣

會形成一種尷尬的狀況，一方面她的不信會抵銷來自神明的協助，另一方面，她的恐懼則會招來與好兄弟的邂逅。

結果就是陷入一種惡性循環：

怕鬼↓撞鬼↓找神明幫忙↓還是撞鬼↓「神明為什麼不幫忙我」↓更怕鬼↓撞更多鬼↓ Loop

其實會說這些，並不是要說服大家都轉而信任神佛或都不信，只是希望大家在面對民俗信仰以及神鬼之說時，可以用稍微平靜理性一點的角度，審視自己的思考是否有過於偏頗的情況。

更重要的是：不要讓自己陷入過度而不必要的恐懼。

臺灣盛行祭鬼或人鬼信仰，但「鬼」並非都如此可怕邪惡，好比王爺、大眾爺、義民爺、萬應公……過去是因為無祀作祟，人們為了安撫而立廟祈求安穩，到現今成為守護人民的神祇，這過程中不免俗還是得提到信念的重要，與保持信仰初心，人神之間的互動真的很難說清。

但至少當大家慢慢認識到「冥婚並非與厲鬼合床」、「孤魂普渡是臺灣人對陌生人關心的展現」、「嬰靈不是可怕的傻雄（？）」……這些過去因為不理解而感到害怕的鬼怪現象，或許有一天會像上述地祇陰神般，與人們和諧共處吧，雖然有點難想像。無論信仰何者，希望祂們能夠成為各位無助時的安全網，或是提醒自己行為

的標竿，但不是把竿子拿出來打人就是了。（？）

#無神論　#不可知論　#怕鬼不信神

#被鬼壓床後立刻來拜拜的人示意圖#欸

#如果身體不適請先就醫

約是去年三、四月左右，當時是為了處理某位事主家中祖先相關問題，而去到他們家裡，結果在他們家中看到滿新奇的景象。

在一般家戶常見的神桌上，擺的不是觀音菩薩或關聖帝君等常見的民間神祇，而是聖母瑪利亞、天使、十字架等，而在像面前擺了香爐，旁邊擺了紅色的神明燈，看了裡面的香腳，看得出來是常常在持香拜拜的。

「咦，你們是天主教徒不是嗎？你們可以拿香拜拜？」我稍微詢問一下事主。

「我也不知道，我們家都這樣拜的。」事主這樣搔頭回應。

那陣子事主家裡被祖先托夢，想要跟祖先確認一些事情，怕是有什麼交代。不過實際上問完後，好像過得好端端，沒什麼恐怖跡象出現。

#如果每個人都這麼和平就好了

問完主要事情後，基於好奇心，用筊詢問祖先是否有什麼答案，不過連續跳好幾個笑筊，看他們也沒有很清楚，只能了解「他們家裡都是如此」，或說他們那邊的社區都是這樣拜的。

事情過後，稍微跟幾個教友朋友討論跟自己翻了史料，大概可以知道天主教為何可以祭祖的傳統：

十六世紀的明帝國，諸多歐洲傳教士來華，其中一名是來自天主教耶穌會的利瑪竇神父，傳教時為了因應地方祭拜民情，允許教徒可以持香祭祖祭孔，稍微偷偷換了概念：把「天」和「上帝」視為同一本質，同一真神，祭孔祭祖只是緬懷祖先先賢，沒有違反天主教教義。

這個被稱作「利瑪竇規矩」。

雖然這種做法稍嫌偷吃步了一些，後來也被其他傳教士向教宗投訴利瑪竇違反教義，但也確實讓一部分中國人開始接觸天主教、受洗成為教徒，因應民情而改變的宗教和諧共處。

這些已經寫在國高中歷史課本的東西我們或多或少知曉一二，只是不知道有延續至今，跟著移民來到臺灣生根。

臺灣也有一些很有趣的宗教文化融合；屏東有萬金聖母殿、高士神社，臺南有鹽水天主教堂、官田埔仔四社公廨、宜蘭的聖母山莊……

臺灣的特殊之處就在這吧？畢竟我想大概很難在其他地方看到佛寺、道觀、鸞堂、教會、清真寺比鄰卻和平共處的畫面，但這也或許是臺灣人本身有接納不同文化的特質。

話說回來，我當時問了事主：

「外面很多教徒不是都說不能拜祖先，那你們這樣不會覺得怪怪的嗎？」
事主膝反射式回應：
「我們是天主教徒啦，那些都基督教黑白講啦！」
#欸等等不是要溫馨收場嗎這個結尾好像不太對
#有梵蒂岡跟聖母像是天主教
#只有十字架是基督教
#就算要罵教徒還是要罵對族群ㄛ
#剛進入七月比想像中還忙的顛顛

都市傳說

「明明那個都市傳說已經被破解是虛構出來的，那為什麼還是有這麼多人撞見？」

「現在怎麼一堆人在拜我沒聽過的神，真的有神靈在裡面嗎？」

我想這些應該是很多人的疑問。

因為冬瓜與古神的事情應該引起很多大德的關注，好奇「克蘇魯神話」到底是純粹虛構，還是原作者真的在描寫其他次元的事情。

不過這裡先聲明：

我不會去探討克蘇魯神話體系真實與否，因為會牽涉到太多問題，加上我也只是對克蘇魯神話有興趣，不是專業研究者，所以期待這部分的人不好意思。

但有長期窩在臉書看文的朋友應該有發現，有一些被當作常理的傳統民俗，其實是現代才出現的東西。

嬰靈超渡是一九八〇年代才出現，融合日本水子觀音與泰國古曼童的事物；唐《續幽怪錄》雖有記載月老故事，但例如霞海城隍廟，是到一九七〇年代才開始供

奉，在這之前，臺灣各地鮮少記載月老相關祭祀，與現在大家瘋狂拜月老的事情形成對比；傳說很多學校以前都是日本時代的刑場，所以才很多鬼故事，但其實日本刑場並不多、範圍也有局限，更多是戒嚴時期刑求政治犯的地點。

上面是現代才出現的事物，但從歷史上來看有其依據跟脈絡，所以可能有些人還會接受，不過如紅衣小女孩、黃色小飛俠、辛亥隧道鬧鬼、學校裡有殺人魔雕像（？）……數不清的都市傳說之中，有些都已經被證實是人為虛構或道德勸說而寫，卻還是很多人親眼看過，甚至「撞見」。

當然不排除裡面有些人錯認或誤會導致，但因為實在出現太多，甚至有些上了新聞（好比魔神仔擄走年邁祖母，成功搜救回來），讓這些本來「虛構」的都市傳說增加了「真實」，模糊了現實邊界。

其實滿多學術領域或書籍都有在探討這個問題，包含之前我們介紹過的《陰間條例》都有提及：什麼是信仰？什麼事物構成了信仰？

不同的國家與宗教有不同定義，但就以我自己淺薄的觀察與史料搜集，大致上我認為有這個共通點：人們集體性相信某件事物的存在，匯集信念而成。

雖然大家知道孫悟空是《西遊記》裡的虛構小說人物，但經由積年累月的祭祀，各地都有大聖爺現身顯靈的事蹟，因而出現供奉大聖爺的廟宇；王爺原先是傳播疫病的瘟神，而有燒王船將王爺（＝疫病）送出的習俗，但隨著信眾的意念轉變，才漸漸成為我們現在看到，「守護人群遠離疫病」的神格。

某些神祇或鬼怪是被人為想像出來，可是當越多人相信祂們存在，信念可能因而聚集而生，或是性質接近的靈體會依形現身，也有因為人們的願力跟想像而神格轉變或職責擴大……有這種諸多難以想像的狀況，其實都還是要回歸到「人們如何相信祂們」這件事情上面。

到底是因恐懼而敬畏，還是因偉大而崇拜，亦是理解而去尊重。

即便母親身邊真的有嬰靈纏身而困擾，但到底是要告訴母親用罪惡感跟虧欠去譴責自己，還是用「今生無緣，來世相見」祝福思念的心態遙想。雖然宗教的儀式或法事可以協助將嬰靈超渡或驅走，但終歸是自己心念有無了結，有無放下。

不過要讓一個群體共同構成一個信仰，是很困難的。

好比日本統治臺灣時期，想要蓋一堆神社以藉信仰來讓臺灣人崇尚天皇進行精神統合，到了現今，少數如高士神社還有在祭祀運作外，其他神社已拆除或做為他用，並沒有影響時人對民間信仰的堅定意志，像是用各種創意的方式藏神像躲過一劫。

所以也不要太擔心克蘇魯會不會降世，除非真的有數百萬的狂信者SAN降到負值在捷運站宣揚教義，但等到這個時候，臺灣也差不多完蛋，美國滅亡中國統一世界了。（幹）

這些真的是一般人不會碰到的問題，只是剛好藉由這篇文來闡述那些「現代信仰」是什麼。不過信仰的本質還是應該是尋求內心平穩安定，而不是越信越讓自己

惶恐，變成自身恐懼的來源，徒增麻煩。

如果真的要信，可以去信天竺鼠車車，那才是可以治癒人心存在。（等等）

#信仰的香火隨著時代演變

#像是初音絕對不是軟體是真人

#媽祖是白髮幼女

#不要問我們看到了啥

#天竺鼠車車好可愛 puipui

#為什麼我要半夜打這些困擾自己

一股寒意

開始辦事後，我都會出現一些奇妙的身體反應，最明顯的是身體「發熱」。比如經過了臺北地下街的玉器佛具區、捷運大安站的建國玉市，或某些佛具行等等，進去店內把玩玉器觀看佛像，身體就會感受到莫名發熱。在辦事請示神明意見時，也會感受到身體四肢熱到可以燙人，是在冬天十八度只穿坦克背心都能夠大爆汗的程度。

雖然如此，如果太得意忘形、以為不會生病的話，大概隔天就會死在床上動彈不得。畢竟再怎麼超現實、超能力，還是難以抵擋科學之壁，還是乖乖穿好衣服比較實在。

除此之外有無形靈體過來時，也會出現「發熱」反應。

我走在路上，常有「被什麼東西蹭過」的感覺。有的時候是阿飄，有時是不良意圖的靈體，不過近期比較常出現是腳踝處被蹭，而且剛好現場都會有貓咪，朋友都開玩笑說是「幻觸」。

愛貓如痴的貓奴友人聽我講這件事時，對我投以羨慕眼光，說：「無時無刻都

可以享受喵星人的恩寵，你根本活在天堂。」

我不屑地回應：「在睡覺突然被看不見的貓毛戳到打噴嚏驚醒，而且不定時發作，我就不相信你不會精神耗弱。」

「就算我有氣喘，還是會準備好吸入器跟口罩戴好戴滿，就算因為貓毛過敏快死了，也還是想要體驗。」

貓奴友人認真地說出我摸不著頭緒的真心話，讓我無奈地講出另外一種情形：

「同樣的反應，不一定是喵星人靠過來，也有可能是不知名生物正在觸摸你。當下無法辨認那是什麼的時候，真的會焦慮到發瘋，想著『那是什麼』。」

「如果是帥氣鬍子天菜阿飄的話我也可以。」

「沒有人在問你的性癖好。」

有時候跟朋友出去逛街，他們看到我突然停下腳步，不繼續前進，朋友上前問了兩句，心領神會跟著我往別的方向繞過。我暫且將發熱反應先當作「好的」，但倘若越走越冷，我下意識就會往回走或遠離。可能是因為前方有大量的好兄弟，祂們本無惡意，但身體發寒不是一個好現象，保持距離還是比較明智。

我不知道這種身體反應到底能不能用科學儀器檢測，目前也只能猜測跟祂們溝通連結後，才產生了這樣的現象。不確定是好是壞，會不會有其他變因，甚至副作用，也只能繼續觀察下去。

不過有些發熱反應還滿好辨認，如果是會發寒盜汗的發熱，那大概是接觸了一些歹命仔、妖物一類的精怪；而覺得心曠神怡的溫暖，大概是神佛在你身上護體的幫助了。

有次跟柯基開玩笑說幹話：「是因為有在辦事修煉，所以現在晚上騎車只感覺到冷風，身體都不會發冷發寒囉！」

「那個只是純粹變胖，體脂肪變厚了。」

柯基冷不防刺了我一下，世間果然本無溫暖。

雖然還未到夏天，但每當熱到不可理喻時，不知道該去哪裡的時候，圖書館應該會是一個很好的選擇。

有些圖書館空間不僅舒適又涼快，而且還是免費的冷氣，又可以翻翻書當假文青，還可以產生睡意順便補眠，真的是經濟實惠的好選擇。（？）

#這樣講真的母湯

#但每次去國圖都會不小心睡著

陽氣太重

幾年前，疫情還沒爆發的時候，Pokemon GO紅到翻天，幾乎在各個景點都可以看到大批抓寶人潮，某些地方又特別密集，像是公園、球場周遭更是滿坑滿谷的人。如果這些寶可夢是真實存在的話，大概還來不及抓就會先被人群給踩扁。

那時我住在永和當苦命研究生，都會去四號公園的臺圖翻資料材料，然後一邊打開PMGO看附近有沒有什麼順手能夠抓的寶可夢。

柯基問：「那，你大概花了多久時間抓？」

「我不太想說……」

「難怪你的論文都……」

「那對研究生是禁詞，你知道嗎？」

不過那陣子，走在路上的時候總有種微妙的感覺，不知道是不是因為在路上抓寶的人實在太多了，白天晚上到處都是人潮，就算晚上十一點，公園也都是腳踏車、機車到處尋找獵物（？），那陣子在四周能感應無形數量好像有明顯減少，在

公園一帶甚至幾乎快要見不到了……

那麼，祂們去哪裡了？

柯基想到什麼，驚恐問：「你不會要跟我說因為外面人太多，所以全都躲進圖書館裡了吧？」

「不然你以為祂們去了哪裡？只能去沒人的地方嘛。」

「你這樣我以後去圖書館該如何面對空氣。」

「你就當祂們是免費冷氣供應商。」

柯基只能露出兔美死魚眼看著我。

當然，PMGO熱潮散去後恢復平靜，也恢復本來的生態樣貌（？），大家也不要想太多，覺得現在還可以去臺圖感受那波冷氣。

只是想到當時在圖書館找資料，抬頭一看就看見祂們無奈地躲著人群，百般無聊看著書架的樣貌，實在有點荒唐好笑。

#陽氣太重祂們也是會怕ㄉ

#結伴成群也是好事（？）

#顛顛

騎車前要翻農民曆

大部分人的生活跟工作都很規律，不太有什麼變化，沒有特別數日子的話，大概只會記得哪幾天是「憂鬱星期一」、「歡喜星期五」、「痛苦星期天」。

除了生日跟特殊節日之外，頂多在意月份、四季，甚至可能只記得「上班」跟「下班」兩種日子，很少在意今天是幾月幾日。

不過，自從開始跟師父辦事之後，每天一早起來，我先做的事情便是打開農民曆，看一下今天是什麼日子。

某些老一輩，會仔細查看農民曆上面的宜忌、節氣、沖煞、吉時等等資訊來安排婚喪喜慶等大事；民俗學者與命理老師更會拿農民曆，來推測未來政治經濟局勢。

但對一般人來說，翻農民曆這件事，就似乎只是用來確定，哪天開始是七月，跟哪天開始過年。

本來我也跟大多數的人一樣，不太會特別記得日期，頂多數饅頭，數什麼時候放假，什麼時候要工作。但由於我工作的特殊性，我必須得看農民曆，來決定安排

這個月哪幾天該辦事，哪幾天不能。

甚至我必須得看農民曆，來決定能不能騎車出門。

不少騎車上班的朋友跟我分享，這幾年路上車況很糟糕，大小屁孩橫衝直撞、三寶變多。或許是考量疫情的緣故，很多人不敢搭大眾運輸，紛紛自行開車或騎車，想避免感染到肺炎。結果變成所有人都卡在馬路上，車況變得可怕。就算避得了肺炎，卻避不了沒在看路況，疑似色盲跟白內障的奇行種騎士和司機現身。

起初，我出門辦事也都會騎車，只是越來越傾向叫計程車或 Uber 往返，因為實在是沒辦法保證，就算我好好遵守行車速度與安全距離，會不會被一臺時速一百二十公里的奇行種騎士撞。

有時候在路上騎一騎，右邊突然殺出一臺機車時速八十衝過去，差點擦到；才剛閃過，左邊機車騎士明明沒打方向燈，不知為何一直往右靠，距離剩不到二十公分，我一時緊張，也只好跟著往右邊騎放慢速度，結果就看著那位機車騎士，沒打方向燈又紅燈右轉，剛好直接被警察抓住開單。

每次遇到這種情況，到了目的地停好車，都會打開手機看農民曆，看一下今天是不是什麼喜事或衰日，通常都會中「忌出行」一類的情形。

某次去高雄玩，朋友當地陪，我借 GO SHARE 跟他的機車一起騎。剛好那天

農民曆標註「受死」，大概才三、四公里左右的行車路線，就遇到各類型的行車情境：不打方向燈右轉、超我車後在我前面慢下來、前方綠燈汽車急煞差點撞上。最誇張的是，騎車途中，前方汽車打方向燈正在右轉，轉到一半突然改變心意，改打左轉方向燈旋轉，還兩次。

太誇張的車況，導致我朋友停下來，掉頭騎回來找我看有沒有事。

「之前聽你講你騎車很多狀況，我想說應該還好吧？今天真的見識到什麼叫做『人若衰，種匏仔生菜瓜』。還好瓜肉沒被壓爛，沒事啦。」

「慢著你這句話並沒有安慰到我啊！！！」

#損友就是這樣來ㄉ

雖然如此不願，但後來每當需要騎車前，我都會特意翻開農民曆的日子或時辰，有標註「出行」、「移徙」等跟移動有關的宜忌，或是看到適合辦喜事的好日子，就特別注意一下，以免又遇到奇行種出沒。

然而，某天一位女性朋友聽我說了這件事，她突然腦洞大開地說：「說不定那些騎士或司機往你靠，是感覺到你有師父跟著，內心被牽引過去想跟你招手說『哎唷等一下我想找你問事辦事拜託幾累唷』！」

「拜託注意一下安全距離，也不要在大馬路搞這招啊！！！！！！」我聽完後，只得如此在內心吶喊。

在此提醒各位大德們，倘若騎車時遇到這種情況，請先停下來深呼吸幾次，冷

靜下來後，看車況再慢慢騎就好。

若是路上遇到一些騎士跟司機進行危險行為，例如貼車或左轉燈右轉，也請大德們自行放慢車速，慢慢靠邊，讓他們先行。

或許他們趕著投胎，他們安心上路才有安全馬路，造福社會。

趕路赴約雖是要緊事，但除非你不想還學貸，不然騎太快反而會晚七天回家ㄛ。

#騎車前得翻農民曆

#七月到了騎車請小心

#莫名變成人肉磁鐵

#外出工作只搭 Uber 以保安全的顛顛

躲在一旁愛操心的祖先們

有時候真的不要因為太過思念，想要找人通靈，去見剛走沒多久的親人。見不到了會感傷難過，這是正常反應。我唸書時阿公阿嬤相繼離世，一聽到噩耗也是哭到不行。某次在夢裡見到祂們，告訴我一些事情跟道理，用另外一種方式陪伴我，讓我獲得非常多的慰藉。

只是自從跟師父開始工作之後，常常發生很多尷尬的事情，不知道要不要跟客人講實話。

V的母親罹癌過世，請我去他們家看一些風水問題，也想問母親的情況。在幾個月前母親還在住院時，V就有想找我詢問母親病情，擔心是不是有無形因素在影響。但母親一直婉拒說是不用幫忙，也不講自己心裡的想法，就這麼走了什麼也都沒說。

剛聽到消息時，我也有點愧疚，想說是不是自己不夠格或是其他因素，本來能夠救的沒能救成。

但這個心情只到進到他們家門，看到眼前的畫面瞬間蕩然無存。

「師父，你不要跟剛過世的伯母在客廳，聊得這麼開心好不好!?」

坐在客廳向V及家人轉述跟解釋時，師父跟V的媽媽一直在我身旁打轉，一邊聊天一邊游移，好像很熟一般。

師父說他們在幾十年前認識了，是老朋友。

V媽澄清她也不是因為什麼無形作祟而走，是單純時候到了，而有些情況也是她要面對的課題。這些很難向家人說明，也怕他們操心過度傷身。

「反正我都在這個家裡，等時間到了我就會告訴他們狀況，不要緊啦！」V媽對著我說，一副「啊我又沒真的死只是肉身沒了」的表情，讓我實在很尷尬。

師父在旁幫腔：「啊人家就好好在這裡，又不是說碰不到面，你就直接說她媽媽還會在家裡神桌，守護全家人不就好了？」

伯母一邊摀面說「哎唷，幹麼跟他們講又沒必要」，師父一旁「有什麼關係？讓他們放心也好嘛」唱雙簧，而V的家人們很認真地聽我講V媽的事情，問說媽媽是不是正在這裡陪伴他們。

我抬頭看著師父跟V媽聊成那個樣子，已經尷尬無言不知道要說什麼。

「其實媽媽沒有很需要你們擔心」這句話我最後還是放在心中，繼續營造傷感的情緒敘述媽媽的心思。

很多時候，真的不要來問過世的親人會比較好。不管他們生前身後個性如何，都會高機率成為氣氛破壞者，毀掉所有該感傷的時刻。

昨日朋友K也來問事，來詢問剛過世的阿公，有沒有什麼事情要交代。但K說不知道為何，他沒有傷感的情緒，這樣好像有點沒人性。

我就直接講：

「當然，他一直叫我轉述給你聽，叫你不要拜食物給他，他要吃自然會叫你去買；你覺得都還沒陪阿公去出國走走，他就離開了沒辦法完成很難過，他說活到這把年紀了，該看過該嘗鮮的都做了，而且接下來也會時不時去美國煩你，看你唸書唸的好不好。

「你知道他剛剛一直在那裡說講完事情就要走了，結果時不時就探頭偷聽我們講話，聽到關鍵字就瞬間衝出來，叫我不要告訴你爸跟他兄弟，不然他會一直被他們盧。他們果然是親生的，現在做一樣的事情來盧我跟師父。

「你說他是受過日本教育，平時沉默寡言，標準日本大男人個性。但他剛剛開始到現在做出的全部事情，明明就是動畫裡頭傲嬌角色才會做的事好不好!?

「而且超雞婆，一直衝出來講話解釋，超級破壞氣氛。你阿公根本沒有要走，跟活著沒兩樣的情況，你難過得起來才有鬼……」

「嗯，真的是阿公。」聽完我一連串心很累的描述後，K如此表示。

K問完後的隔天，走在路上看到一家亞洲商店，莫名其妙地感覺要走進去，逛了一圈。

回神時，手上就多一瓶濃縮可爾必思。

「這是我阿公會兌水喝的飲料，但我平時根本不會喝這個啊！！！」

「阿公不要亂盜孫子帳號買東西啦！！！」

#勸誡不要太想念祂們

#祂們也在旁邊的牆角躲著探頭出來想念你們

#有的時候該來煩你的就是會來你趕也趕不走

山神

「陽明山是座陰山。」

生活在臺北的臺灣人，大概都聽過或體驗過這句話。

雖然陽明山本身處在全臺人口密度最高的城市，也曾經被蔣中正當作行館（還是這是陰山的成因？），但過去太多離奇詭異的事件發生在陽明山，不免讓大家對這座山多想，添增一些幻想色彩，講得更加神祕。有聽過一些說法，比較常聽到的是「陽明山本身就是陰陽兩界的交會口」、「靈界的國際機場」，好兄弟出入多，事情也發生的多；或是「惹怒山神」、「對山不敬」、「被人類破壞家園」，引起山中精怪怒火作亂的故事；或人為造成的悲慘故事，口耳相傳但找不到史料證明的日軍屠殺刑場等等。

撇除這些傳說軼聞，陽明山上也確實發生過諸多詭譎的靈異事件，比如文化大學的逆八卦大仁館、只到膝蓋卻會淹死人的水池、擎天崗迷霧、諸多的陰公廟林立、整齊漂亮但三十多年無人居住的別墅、在山林之間看到的不可名狀之物……

雖然我不常去山上，但有些常爬山、騎車上山的朋友，也告訴我一些他們在山

上發生的事情。

某日午後，朋友H一時興起，揪了朋友共四人兩車，打算上山去看風景。從平地騎到山頂一路順遂，晴朗無雲，風光明媚。

然而大約兩點下山時，突然起了一片大霧，可視範圍大概不過三十公分，H一行人緊張起來，調慢了速度，兩輛車跟得很緊，深怕出事。

而在H經過一個彎道時，對向車道突然衝出一臺汽車越黃線會車，差距不到十公分。

慶幸H騎得稍微側邊，否則應該會直接撞上去了。

另外一件事是發生在朋友G身上。

G上擎天崗也是一身輕沒有什麼問題，直至下山，看到了一個畫面，打破他一直以為自己是麻瓜，不會碰到東西的想法：

他穿越過一層霧氣，突然看到一個女性拉著小孩，當下已經來不及煞車直接撞上，但當他睜開眼的時候才發現空無一人。

他感覺肩膀沉重，聽到兩道細語聲，然而只有他一人騎車怎麼可能有聲音——

「嘻嘻。」

他趕緊求救找朋友包含我，後來去了艋舺地藏庵，請兵將跟地藏王菩薩將身上的兩位帶走後，才告一段落。

不過當然也不是只有不好的事情。

朋友J曾經騎經馬槽一帶時，也是突然起霧，本來炎熱的氣候降了下來，感覺一股涼意。

他抬頭一看，發現一位有六條尾巴、雪白色毛皮的狐狸，像是帶著彩帶一般跳舞，在空中與樹林之間飛躍而過。

J說他從沒看過這麼美的景象。

等他回神時，那位白狐已經消失不見，霧氣也散去，恢復本來熱到快要發瘋的氣溫，只有殘留一些祂剛剛出現時的涼風。

那最後回到大家可能最關心的問題：

陽明山到底能不能上去？

需不需要特別注意小心以免觸碰禁忌？

說真的，一般人不用太擔心，天母北投行義路一帶不太會發生上述的事情，就算是人煙罕見的山路或景點。

只要理解「這裡也是祂們生活的地方」，敬鬼神而遠之，祂們也不會來干擾凡人。

如果心有不安，身體有不適感，下山時行經過觀音、媽祖、土地公等地，稍微祈求讓祂們回到應去的地方，拿個平安符帶著即可。

畢竟多數時候，我們才是打擾別人的那一方。

#別以為輕易上去就可以找到那位白狐

#晚上盡量不要上山

#上山之後感覺不對請立刻下山

燈猴

上次說到臺灣送神並非僅送灶神而是眾神的原因，是跟燈猴的故事有關，今天就來詳述燈猴的故事。

「燈猴」是古時放油燈的一種竹製裝置，叫「燈鉤」，閩南語「鉤」訛音「猴」，所以就變成燈猴了，據說燈猴放三年就會成精。燈猴故事其實是一連串過年習俗解釋的故事，解釋為什麼要過年，同時也解釋為什麼臺灣的年俗與中國和東南亞華人不同。

故事要從冬至開始說起。

臺灣人會在冬至的時候「餉耗」，用湯圓黏在家裡的器物上，以感謝它們一年來的辛勞，有那麼一點日本九十九神的意味。傳說中燈猴有一年被臺灣人忽略要餉耗，為了報復，於是上天向玉帝告狀，說臺灣人浪費食物，將白米做成的湯圓到處亂黏，玉帝聽了勃然大怒，決定降下洪水（或說地震）讓臺灣島沉到海裡。

土地公是臺灣人常常祭拜的神明，聽到這件事情的祂於心不忍，因此趕緊通風報信，要大家有心理準備。知道災難將至的人們，因為不想使家裡供奉的神明受到

牽連，便趕緊將眾神請回天庭，以免跟著臺灣一起沉到海裡。

另一位常被臺灣人祭拜的神明觀世音菩薩，也趕緊向玉帝求情，請祂能再詳查這件事的始末，於是隔天玉帝又派遣天神下凡來調查人間善惡，這也是為什麼二四是「送神日」，而二五是「天神下降日」了。

此時民間正在為共赴黃泉做準備，大家白天殺豬宰羊，祭祀祖先以告別，夜裡與家人圍爐享用最後的晚餐，並將不會再用到的錢財發給小孩們，全家守夜一起等待臺灣島沉。

沒想到天亮之後臺灣並沒有沉到海裡，原來玉帝經過調查，發現一切都是燈猴在說謊，於是處罰燈猴年年要被火燒，所以後來人們就會在年末將舊的燈猴燒掉。

發現自己逃過一劫的臺灣人焚香感謝神明，並互道「恭喜」以慶賀活了下來，也會到寺廟去祭拜，形成現在的「走春」習俗；初二女兒則回娘家看看父母是否一切安好；直到初四確定災難真的度過之後，才將眾神再從天上接回來，是為「接神日」。

（也有一些其他傳說類似，緣起不同的故事，如「沉島」傳說，不過這邊先提此篇。）

在疫情爆發的年頭來看這則故事別具意義：災難發生之際，臺灣人選擇珍惜眼前事物，對幫助自己的人事表達感謝，縱使微小而為之；為神明安危著想而想送走

避難，神明為了答謝而奔走拯救，展現人神之間互助情誼，形成臺灣社會特殊的人神關係。

雖然近幾個月發生一些確診個案的恐慌，但臺灣還能保持現況控制疫情，此時用「天祐臺灣」應該不為過。

而有些人過得太安適，以為這個「日常」理所當然，忘記現在的安穩其實是靠政府、醫護人員，以及大家的配合得以實現維持，得以讓臺灣遠離感染的恐懼。

不過也不用想得這麼弘大，或是認為「政府四八四都不能批評」，該提出意見還是該有；單純希望在一年之末，感謝過去曾幫助自己的人們，而在一年之始，期待自己也能幫助他人，將這份感恩之情傳達下去。

二〇二一將至，希望大家都能過得更好，縱使二〇二〇發生很多遺憾的事情，但帶著這些遺憾，繼續前行。

#春節

#初四迎神日

何謂觀元辰

「觀元辰會不會被吸走靈魂？」

「是不是都會看到灶房跟米缸？」

「我分不太清楚是我真的看到，還是我想像出來的畫面耶，怎麼辦？」

這兩三年接過一些引導觀元辰的案子，也有聽過別人的經驗，不乏都會出現這些提問。有的人獲得解答後豁然開朗，也有人依舊憂心忡忡，很怕會看到一些不想看的的畫面。

某次有朋友想要觀元辰，問我：「顛顛，觀元辰會不會很可怕？」

我皺眉不解地回應：「啊？你為什麼會這樣認為？」

「因為我上網搜尋一下分享，好像會看到刀山啊、熱油池啊、鬼差陰陽司啊什麼的，好像到了地獄一樣，我怕看到那些東西會昏倒……」

「呃，那個是觀落陰，不是觀元辰。而且每個人的元辰宮差異很大，你看到的那個分享可能是被帶去觀落陰，或是他本人元辰狀態不太好，並非都那個樣子。」

「欸，所以會看到三合院、灶房跟米缸嗎？」

「你們是不是都搜到同一篇代觀元辰的文章……」

有些人可能曾在一些廟宇內看過「代觀」：乩童在當事人周遭繞圈走，道士在旁一邊唱咒、一邊詢問乩童，是否在當事人的元辰看到什麼、怎樣的房子、灶房米缸有沒有滿等等，將觀想畫面轉述給當事人，同時進行解釋跟整理。

另外也有聽過朋友找一些老師代觀的經驗，不過他給出了微妙的感想：

「好像在聽別人講故事，但聽完就忘了。』

「……都來了也付錢了，結果忘光這也太心酸了吧。」

「因為我明明在美國長大，爸媽也不管我，結果說我元辰是傳統三合院大家庭，爸媽有在情勒我的畫面，這太讓人問號了嘛。」

#猜想是不是老師觀想到自己的元辰

#不是所有代觀都這樣的請放心

觀元辰跟觀落陰聽起來很像但完全不一樣。

「觀落陰」常常會跟「觀元辰」混在一起。在工作這幾年，時常有人問我：「觀元辰會不會看到地獄？」、「觀元辰會不會吸走我的靈魂？」總是要花一點時間分別清楚兩者差異，安撫某些人的恐慌。

有的派系會將探元辰也歸類到觀落陰裡，也有人搞不清楚把元辰跟陰間當成同個地方，整個人「失魂」，人在現世，魂卻不知在何處。

這邊稍微系統性整理一下：除了上次我們談的陰間的「觀落陰」外，還有能夠

「探花欉」與「探元辰」，這些可以統稱「觀靈術」。

「探花欉」是過去醫學不發達，時人相信婦女生產與花欉有關，因此女子無法懷孕的時候，或想預測生出來是男孩女孩時，就會藉此儀式祈求或探問。通常這個花園會在元辰宮裡，也有在別處，由被稱為「花公、花婆」的園丁代為管理。

如果花樹開白花表示生男，紅花則表示生女，花苞則表示懷孕。也可以從花樹的健康、茂盛與否，得知自己的身體與運勢好壞。

「探元辰」也稱「觀元辰」。元辰宮是什麼有很多不同的說法，有的說是「人在靈界能量場的所在」，有的說是指自我意念與深層意識的連結，有的說是前世今生的投射、家族祖先的庇蔭、或稱「小宇宙」等等……說法略有不同，但大部分都是指「內心世界的具體顯象」。

命理學中認為每個人在陰間都有一座宅邸，叫「元辰宮、元神宮」，並且有「宮公、宮婆」的管家代為管理。元辰宮從房子、室內擺設到後花園，每個物件都象徵個人從外在到內在的狀況。

因此，如果身體或心靈有不愉快的地方、甚至人生過得不如意，都可能會去探元辰，藉由整理元辰宮，將個人的身心靈乃至運勢也整頓好。

傳統上相信，「元辰宮」多為三合院的形式，房屋大小代表個人財富；客廳的樣貌關乎事業與未來；正廳的神桌會出現自己的守護神，同時也代表個人的精氣

神；臥室則是感情世界；廚房象徵個人的運氣，如米缸是儲蓄、水缸是理財與消費力等。

透過探元辰，可以趁機將元辰宮裡雜亂的地方整理好、不足的地方補足，以期在陽世間的自己能夠如意順遂。

以我自己的經驗來說，很多人的元辰不一定如上述般的典型，有見過日式建築風格、英式莊園、自然山水風景，也見過元辰宮是石窟樣貌的。很大一部分是跟當事人生活經驗、成長經歷會有不同，但都會有類似的象徵物存放在元辰宮裡。

我也曾看過有人的元辰是都市、鄉村、花園、樹林、草地、群山、雪原……就算看到房子，也有建材不同或擺設差異，或是有人在裡面走動，甚至可以打招呼跟互動。當下看到這些景象，通常是某種暗喻或象徵，來表達或反映自己的狀態，並不一定是現實發生過，或是自己親身經驗的事情。

好比遇過某位案主有提到，他曾經自行觀想，看到滿天都是送子鳥的畫面讓他不知所措，越想越不明白，差一點想錯覺得自己是不是被撿來的棄嬰。

釐清後，結果那是指「自己父母對別人家的小孩都比較好，自己被放置PLAY很像孤兒」的童年經驗，才會讓他觀想到這個畫面……

#感覺像孤兒跟是真的孤兒不一樣啊啊啊啊啊啊啊

至於為何陰間會跟元辰混在一起的原因，最主要是科儀概念相似，但目的不同所造成的誤解。因此不管是法師道士代觀，還是引導事主內觀，都會一項一項地與

神明確認事主狀況，是否有誤或出入。如果略過這步驟，就可能怕失準造成不好的後果，就會變成某些耳聞過的靈異事件了。

一般來說，只要雙方彼此都有確認目的，就能夠順利抵達陰間或元辰，見到自己想知道的人事物，不用過度擔憂害怕看到，心理準備足夠即可。

另外，觀元辰不一定得親自下去觀，可以由親人代觀，或乩童代觀，也可以由道士向神明擲杯代觀，這時道士或桌頭，就會一項一項地向神明確認事主的元辰宮是否都完好。臺灣有的地方甚至會在結婚、入新厝的時候探元辰，以祈求平安。

但由於觀元辰過程，常常會遇到上述這些摸不著頭緒、容易錯想的狀況，因此通常需要透過服務者代觀或引導，讓事主深入理解自身元辰，協助調整改善，掌握自己整體的狀態。

相比代觀，「引導觀元辰」則是需要協助當事人一同觀想，像是邀請別人進入自己內心小房間看祕密一般，若本人還沒做好面對自己的心理準備，很容易會觀想失敗，什麼都看不到。

這也是為何我們都會先跟當事人進行初步諮詢，建立一定的互信基礎，以便讓引導過程順利，因為常常會碰到不知是自己看到，還是幻想出來的畫面。

引導觀元辰最重要的部分，就是把這些看到的景色，透過他人引導來解釋象徵，聯想到自己的現實經歷與內心想法，解惑過去一些自己想不明白的事情跟道理，更好地掌握自己狀態。

最主要也是希望各位想嘗試的大德們，在理解過後能夠放下擔憂跟緊張，誠實面對自己，在觀想過程中都能夠有所收穫。

就我所知及親友分享，觀元辰大概分成兩種形式：

「代觀」：在事主同意情況下，由服務者代理觀想，轉述元辰宮的畫面給事主理解以及解讀。

「引導」：事主跟服務者雙方具備足夠的信賴基礎，服務者從旁協助事主本人觀想、引導、解讀狀況等等。

兩種形式並無好壞之分，但跟濟公師父溝通及約定，我這裡主要是以引導觀元辰為主，不做代觀，如果有任何需求跟想法也可以私訊粉專詢問，不會帶錯帶到陰間嚇人的。（欸）

逼人讀書的文昌帝君

臺北市文昌宮，又稱雙連文昌宮，位於雙連市場，靜靜地座落於尾端，等著信眾及考生拜訪。

該廟的歷史可以追溯日治時期，傳說有一名中國商人帶著文昌帝君神像來臺，希望能夠保祐生意昌隆、日進斗金，實現財富自由。然因經商失敗，將神像安置於一處樹林後，便鬱悶離開。

過沒多久，被一名老婦發現，與其他鄉里居民一同迎回，為其建造廟宇。

文昌宮建築並不大，看似也沒什麼特別之處，但之所以這麼多香客跟考生前來拜訪，除了祈求增長智慧、考試順利以外，眾多友人經驗及實驗，雙連的文昌帝君之「靈驗」，也是讓人不得不相信文昌帝君真的存在。

因為，祂會幫助你排除掉一切會干擾考試的人事物。

朋友L住在雙連，從高中、大學、研究所，都會去祈求文昌帝君幫助她考上理想目標。

而每當祈求完畢後，就會發生「朋友聚會莫名取消」、「排好的旅行行程因故暫停」、「男友出差高雄兩個月」的事情，在這種情況下當然就只能唸書。

不過也因為如此，都有考上她理想的目標。

Ｌ說：「只要電腦手機不要壞掉就好，唸書時我都很乖只查資料，沒有玩遊戲。」

這樣說是基於朋友Ｓ的慘烈情形。Ｓ向文昌發願考研究所後，並沒有立刻準備唸書，而是玩了三天的ＬＯＬ、去澎湖玩四天，回來又睡了兩天補眠。

隔天起床，電腦開不起來，檢查後發現主機板不明原因壞損。ＰＳ４、ＮＳ也因為機器故障，跟著電腦送去大修。手機準備要打開手遊時，連續閃退根本開不起來。

Ｓ立刻意會到是什麼意思。為了避免手機跟著換新，他才封印通訊ＡＰＰ，閉關準備筆試、自傳跟練習面試。

研究所考試考完的當天，主機都剛好送修回來。

「如果給雙連文昌貼上３Ｃ產品破壞者的封號，祂會不會生氣啊？」Ｓ白目地問我，然而剛問完沒幾秒，手機突然從桌子上跳樓，螢幕保護貼微裂。

「我勸你還是不要。」

「好。」

客人Z聽完後，也分享她曾經帶身障兒子，去詢問過雙連文昌選幼兒園的意見。

一開始參拜都沒什麼大礙，在準備離開前，兒子突然向雙連文昌許下「我希望有愛我的老師」的願望。

結果本來已經安排好，有特教系統的幼兒園突然拒絕他們，距離入學也沒幾個禮拜，Z跟丈夫瞬間慌張，趕緊挑新的幼兒園。

慶幸的是，新的幼兒園環境及特教老師照料得很好，兒子也非常開心。

當然，媽媽也去檢舉了原先那間拒絕他們的幼兒園。

除上述案例，也有朋友分享，他「發現男友劈腿憤而分手，將憤怒轉化成唸書動力考上公職後，交到更好的未婚夫」，或「敲人想見面聊天，遭受到已讀不回，交友軟體乏人問津，考完試卻開始狂響邀約不斷」等等故事就先不多說了。

比起臨時抱佛腳，雙連文昌帝君大概是希望前來祈求考試順利的考生們，自己也可以努力一點抵抗誘惑。

如果身邊有朋友電器產品一直壞，不用擔心他是不是沾染什麼衰神，或許只是雙連文昌帝君嚴厲地盯著他好好唸書。

朋友 Bell 因為考試的關係，去求了雙連文昌帝君幫忙，希望可以考上理想名單內的學校。在這之前，他已經知道雙連文昌的威力跟可怕，不過真的很想考上，還是硬著頭皮去求文昌帝君。

求完後，他停了很多邀約也暫時不玩電腦PS4，努力唸書，但難免會有怠惰期，Bell為了發洩還是打了生存遊戲來紓壓。（Bell的興趣是槍枝跟生存遊戲）

但大概是某段時間頻率過高（一星期三次應該算多？），悲劇發生了：

某一次結束正逢下雨，Bell騎車回家時不慎打滑摔車，幸好只有皮肉傷，但回到家發現他的槍竟然壞掉了。

後來不只他帶出去的那把，連放在家裡的幾把槍都出現不明原因而壞損，而身體也因為當時下雨關係，出現感冒症狀，連續發熱好幾天。

想說這樣唸書也沒有辦法，就躺在床上看著手機或側身用電腦，可是身為麻瓜的Bell，突然感覺到房間內有一股怒氣，在他身後盯著他自己。

Bell急著用臉書訊息找我：「那個，文昌現在是不是在我旁邊，然後他好像很生氣……」

我叫他開視訊給我看，嗯，真的滿生氣……

我得知上面那串經歷後，教他如何跟祂道歉，Bell急著照做，而他感覺到那股怒氣消失後，才終於放鬆。

「我不敢了……」Bell恐懼地表示。

隔天早上，他感冒就突然好了，也真的封槍努力唸書，深怕再來一次。

至於幾個月後的考試結果，雖然沒有上第一志願，但有上了理想名單內的學校，或許按照他努力的程度，文昌最多也只能幫這樣吧。

「那你下次如果要考研究所的時候，要不要再來一次？」

「讓我好好考慮一下下下下下……」

三分靠天七分靠人，人如果自己不想努力神明也難幫忙，但如果不想努力又想要得到結果，嗯，我覺得不只是一般人，文昌（們）應該會這樣表示：

「你自己有沒有唸書你心知肚明你好意思求穩上臺大醫科？只能上合太醬料啦。」

#文昌平常很慈祥的大家不要怕

#天助自助者

#雖然晚了但祝考完的高中生後續可以如願推甄成功

#記得看清楚系名填錯就悲劇

天下第一土地公

土地公特輯1

只要有人住的地方，就有土地公在。

雖然祂是受人敬拜的神明，但只要有人跑來求救，幾乎都能獲得到幫助，跟某些深不可測的神佛相比，土地公更像親切熱心的里長伯。

土地公是伴隨地方而生，管理當地的社神，擁有明確的地域性跟獨特性。有些土地公是自然神靈，像是石頭公、榕樹公；或是有應公、大眾爺等厲鬼在因緣際會下被封為土地公，成為正神幫助地方信眾。

因此每一位土地公都是不同尊，溝通方式與風格落差頗大，聽到或抽籤得來的指示建議常讓人摸不著頭緒。有些朋友跟客人也因此常帶著他們得來的資訊，想跟濟公師父確認意思。

雖然我的日常生活就充斥著怪力亂神，但還是有碰上一些土地公，祂們的樣子比我預期得更加離奇古怪。

去年年末，朋友W因不熟習俗，希望我能陪他去二二八公園的福德宮還願，幫忙確認還願的內容有沒有問題。

之前都只是經過並沒有進去，才剛走進去門口，我聽到令人有點遲疑的還願內容，小心地轉達：「那個，二二八的土地公說你要還三箱麥香綠茶、三箱礦泉水、兩手臺啤、三箱泡麵。」

「雖然之前就有聽過祂會要很多，但這也太多了吧！」聽到我的轉述，W直接叫出來。

「我還沒唸完這張供品清單。你之前到底跟祂求了什麼？」

W想了想，說：「希望我們辦的路跑活動全程晴天。去年那週的天氣預報，那一整週都是百分百雷雨，有夥伴提議來求這間土地公。記得活動當天太陽超大，沒想到活動結束，準備撤場就開始狂風暴雨，淋得亂七八糟還要收拾，心情超級不好，這件事我也就放著沒去理會了。」

「你本來什麼時候要來還願？」

「本來說是下個月，但好像過了一年，今天才終於來到這。」

「……都發生這種程度的神蹟，你忘記要來還願，我也是有點佩服你。」

W聽到我的吐槽，有些不爽地說：「我不是忘記，我是根本不知道！我本以為他們有去還願就OK了，誰知道我一定要親自回來還！而且沒人告訴我要做這件事啊！！！」

在我們前往二二八土地公的路途中，W跟我抱怨他這陣子有多衰：工作上出大包被迫離職、租屋處大漏水房東不理會、走在人行道上差點被不長眼的機車外送騎士撞等等，讓他有陣子躲在家裡不敢出門，整天疑神疑鬼，嚴重到這一陣子才終於狀態比較好，跟我聯絡後，才知道跟這件事情有關。

為此，我還聯繫W的共同朋友跟工作夥伴，想了解一些狀況。但他們都驚訝地回應：「他竟然不知道嗎？我們都以為他後來有去還願耶！難怪這麼衰！」

不過我問他們怎麼不幫W的時候，他們一同表示：「讓他衰一下，知道會怕之後我們也比較好跟他講話啦。」

#還是不要告訴他誰說的好了

#雖然這邊還是寫出來了

講到這邊，W怨懟地講：「欸顛顛，神明不是要幫人嗎？這樣土地公害人對嗎!?」

「嗯……從技術面上來說，比較像承諾契約未履行，甲方對乙方申請支付命令跟強制執行。只是拿走的不是金錢，而是福分就是了……」

帶著無奈的心情，我們與二二八土地公說情談了一陣子，最終以一箱飲料跟一手臺啤，做為還願完畢，也讓W舒心鬆口氣了。

「土地公說諒你不知情，還講你長得很可愛古錐，所以這樣就可以了。」

「看我可愛？土地公也這麼覺得嗎？」W恢復本來人來瘋的樣子，讓我感到

「土地公真的很會講話」的這件事。

「不知道是不是我的錯覺，這邊的土地公一直讓我聯想到《孽子》裡的郭老，尤其是祂剛剛用著有點逗弄的調調，在你耳旁講話說安慰話。雖然你應該感覺不到。」

W嬌羞地摸著自己的耳朵，輕聲地說：「哎呀，難怪我的耳朵莫名發紅了。」

嗯，二二八的土地公真的很會講話，特別是調侃這塊。

或許也是因為如此，我剛走進來看到廟時，出現了一些難以好好解釋的畫面：在廟裡，看見許多土地公四處奔波處理信眾的事情，以及收容與照顧孤鬼眾生，雖然很像在收容年輕小GAY的景色，但也還是助人行善的範疇。

但同時出現另一個畫面：不知哪邊冒出來的酒吧吧檯，穿著唐服跟西裝的土地公坐在那邊，他們模樣搞不清楚是郭老或傅老爺，邀請我去喝酒。

這些莫名其妙的場景，讓我直接呆住好幾分鐘，回神時還在懷疑我在妄想，心裡告訴自己：

「不要因為是新公園就把孽子人物套上去啊啊啊啊啊啊啊啊。」

當我這樣想的時候，卻收到一個訊息：

「放輕鬆，不用顧忌太多、擔心自己是不是迷路走錯，當自己家就好。」

#這也是平時不太講看到什麼畫面的原因

#不知道要用太荒唐還是什麼形容才對

#熱情到難以招架的土地公們

#全臺最友善的宮廟大概就是這裡吧

差不多確認事情結束，拿起手機打個卡，看到這間土地公廟的地標上寫：

「天下第一土地公」。

後來得知幾個朋友在這裡實現願望，發生一些讓人不得不信的靈驗事蹟，加上我所見到那些畫面的感受，是不是天下第一我不知道，但這麼特別的土地公廟，全臺只有二二八這一間。

東門土地公

土地公特輯2

對於北上不久的外地人來說，像臺北東門市場這樣吵雜的菜市場應該能讓人感到親切，也很難想像永康街對面的巷子裡竟然有這樣的地方，然而嚮往臺北的女子大概不會來這裡就是了。

走到市場中間的公園處，便能看到裡頭的東門正德宮，一旁則是田都元帥廟。菜市場幾乎都會供奉土地公，但像東門市場這樣蓋土地公廟的情況，還是不多見。

至於為何跑來這個地方——

「……跑了這麼多間求活動順利，難怪你這一年衰成這樣。」我擺著一張死人臉看向朋友W。

他也很無奈地說：『我們就怕活動泡湯，土地公廟也都長得差不多，誰知道我拜了這麼多間。』

跟大家回顧一下：去年身為總籌的W，為了讓手上的路跑活動順利舉行，與團

隊夥伴們各處去拜土地公廟，祈求天氣晴朗，讓活動成功辦完。

但W沒有拜拜習慣，其他夥伴也沒有特別告知，就這樣衰爆一整年。

但W只記得二二八土地公，忘記他還有三間土地公廟要還願。

「還好有先跟你夥伴確認，不然跑完二二八土地公你還是照樣衰。」

「我只希望不要像二二八那樣跟我要一堆東西，不然我得跟你借錢了。」

走進東門正德宮，樸素的神桌上供奉著福德正神、清水祖師、文財神三尊神之外，底下有虎爺公，一旁則有金衣仙女、綠衣仙女兩尊。

W好奇地問：「這兩尊仙女是什麼來歷啊？」

「我看了一下廟方的紀錄，說是百年前的廟婆，逝世後跟著神明修道，功德圓滿受封仙女，而後托夢要求供奉，守護鄉民。」

「人死後變成鬼，修道給人供奉，這樣也行？」

「很多地方上的土地公廟是有應公、大眾爺、萬善爺等因緣際會之下修得正果，轉化而成，嚴格來說也不是單純的人鬼了。」

講到一半，突然覺得桌前的神明歡騰起來，只感覺師父像是跟著東門土地公他們聊天，指向我說道：

「敢毋是阿升的孫仔嗎!?哎唷按呢這大漢！」

我滿頭問號，為什麼祂們知道我阿公的名，以及我是阿公的孫？

「你阿公小時候住在這啊！不過你好像沒來過這，沒關係啦！」

我頭上問號更多了。

我阿公住這？祂們還跟我阿公很熟？這是怎麼回事？

我看向師父，師父難得像是招架不住，躲著東門土地公們追問，暫且先當沒這回事，不然我腦袋問號多到有點頭痛。

大概也是這個因素，東門土地公只要三罐啤酒跟零食就完事，W持香三跪感謝土地公們饒過他的錢包。

過沒多久，我跟我哥偶然從家裡翻出戶籍謄本，看了上面的紀錄後很傻眼。阿公真的住在東門市場警察宿舍，而阿公的二哥當過日本警察，曾經有取過日本名等等……

「既然祂們知道這麼多，乾脆去通靈問祂們來寫家族史吧。」

「我不要。」

#明明只是陪朋友還願怎麼變成認親現場

#土地公果然是神明界八卦消息聯絡網

聖靈土地公

土地公特輯3

我走過的土地公廟不算少，擲筊當聊天的經驗也有，但陪W找土地公還願的過程中，發現我的見識還是太少了。

W第三間還願的土地公廟也叫東門土地公，不過一間稱「正德宮」，一間稱「福德宮」，最初跟W在討論時還搞混，差點漏掉沒去到。

這間土地公廟位於臺大醫院附近一條小巷子裡，需要經過蜿蜒小路，藏於家戶的圍牆之中，上頭掛著數十個紅燈籠，與周圍灰色基調的建築風格對比之下，顯得相當突兀，意外地好找。

當我踏入門口的瞬間，感到一股微妙感，皺著眉頭自問：「這是土地公廟？師父你是認真的？」

W聽到後反問：「嗯？福德宮不就拜土地公的嗎？」

「我不太確定，但這間土地公廟有聖光的感覺。」

「聖光？你說天主基督那個？」W聽到後愣住，跟著我陷入困惑之中。

以我自己的經驗來說，普通的土地公廟大概會感覺到有些吵鬧跟忙碌，身體覺得這裡有點擁擠，有時候會像菜市場，有時則是公園裡的老人聚會的氣氛。

但這間走進去時，飄出幾個閃回的畫面：

#那個天使翅膀是我看錯了吧

#怎麼會有聖歌團在這裡唱彌撒

#不可能有教士神父在這裡向信徒宣教的吧

#這到底是三小師父拜託你解釋一下啊啊啊

被這些畫面震驚的我，整個人在廟門口停住十幾秒，廟方人員走過來問我「還好嗎？」，被W拉著進廟時才回過神。

這間土地公廟與其說是廟宇，更像是走進大戶人家的庭院，在裡頭蓋了一個石材廟體了事。雖有擺了紅色供桌、香爐、金紙爐等等，卻沒有土地公的吵雜感，而是意外平穩寧靜的氛圍。

廟體裡，中間放了寫著「福神」的石碑，左右兩側各放置土地公、土地婆，看到這個配置又讓我冒出疑問，向師父問為何是這個擺法。

但還沒等到師父回應，福神石碑突然冒出一道白光，腦中飛入一些資訊，刷新了我三觀。

W在旁看我突然拿筊跪下，不斷擲筊問問題，他也充滿好奇蹲下陪著我問，都

忘記我們是來還願，不是來宗教田野調查。

丟好幾次筊後，我深吸一口氣，跟W緩緩地吐出我剛剛消化整理的資訊：

「祂說祂是 Holy Spirit。」

「蛤？聖靈？三位一體那個？」

「嗯，對。我剛剛還問祂是不是福德正神，結果不是笑就是蓋，只有問到聖靈才給三聖。」

「要不要試試換關鍵字問？」

「我剛剛有試問祂以賽亞書跟福德正神真經內容，會不會拿棒槌起乩，『保羅是十三門徒之一』的陷阱問題，筊的結果卻都過了。」

「你是在做什麼測謊試驗嗎？」

「因為『土地公是聖靈』這件事太荒唐了啊，怎麼可能啊。」

雖然聽朋友說過，聖靈可能會降靈在人身上，或憑空出現形體，顯化在教徒面前宣教，讓人們能感受聖性。

可是在我眼前這個冒出聖光的土地公，實在太衝突，太莫名其妙了。

「我是麻瓜，我什麼都看不到沒辦法幫你驗證哦。」W說。

而師父整場都在旁邊竊笑，看起來沒打算回應我的諸多巨大困惑。

雖然我也懷疑是師父在鬧我，但師父說不是，擲筊重複上面的提問也還是一樣的答案，我無奈地接受這個答案，向土地公提問：「所以，W還願的供品，只需紅

酒跟麵包即可嗎？」

三聖。

於是我們到附近的便利商店，手上拿紅酒跟麵包，走回土地公廟放在供桌上，廟方看到我們拿著的東西也沒有疑惑，只是在廟內走動處理雜務。

「我在哪？我是誰？我在做什麼？」我跟W兩人內心不斷冒出困惑心聲，結束這間荒唐的還願行程。

基於自己一些困惑，我向「土地公」擲筊問一個問題：

「對祢們來說，不管任何形象，只要能夠正確地傳達真理，這樣就能達成你們那位God的旨意，是嗎？」

再次獲得鏗鏘有力的三聖筊，我也無話可說了。

#其實前後只有半小時

#只是衝擊性資訊太多感覺待了三個小時

我跟W開了地圖搜尋一下，看到土地公廟周圍好幾個教會跟禮拜堂，好像稍微能夠比較接受這個衝擊的事情。

準備離開時，我被師父提醒要拿一個東西，我往祂指的方向看去，看到幾瓶平安水，叫我投香油錢拿取，說是可以使用。

「……這個，可以，當聖水使用？」

三聖。

某次拿給因爬山完而不舒服的朋友使用，隔天他告訴我精神恢復超級多，有種被聖光沐浴的感覺，想問我在哪裡結緣得到這瓶平安水。

「……」

希望各位大德們把這篇當成故事，看看就好，真的。

#東門福德宮

#聖靈

#荒唐的土地公還願

#四間裡面最讓我感到頭痛不知所措的一間

#要去請記得保持敬畏心

#不要吵鬧失禮打擾廟方

#雖然當下我內心吐槽應該很吵

求月老前要先搞懂自己

「顛顛，我要跟你抱怨霞海月老，祂真的很機車。」我在看臉書 Messager 時，友人F傳了這樣一段訊息給我。

我回：「祂講話討人厭已經是大家公認的事情，怎麼了？」

「我每次去拜拜都很認真，供品、化妝品什麼也都有準備好。其實祂都有回應我，隔個一兩天就會出現對象，不管是外表談吐還是內在都是我的大菜。」

「不錯啊，那你幹麼抱怨？」

「我碰到的每一個，都死會有伴了。」當我看到F傳這句時打了冷顫，感受到文字夾帶一股不祥怨念。

「裝單身就算了，每一位都跟我強調，他們不是開放式關係。但講完沒多久，又表達想跟我上床!?我理智上知道不能也不該碰，可是下面小頭就是忍不住！！！霞海月老可以不要給我這種嗎！！！還是我的感情運真的就這麼差只能當小三，這麼命賤沒人愛是不是？？？」

在看這些訊息時，充分感受到螢幕另外一側的F，是用揍鍵盤的力道寫下這些

內容的。本來還想開「至少都有吃到還能欣慰」的玩笑，還是先收回來，不要火上加油好了。

正當我思索要不要先中離、晚點等到F冷靜後再回時，突然想到一件事情，詢問：「說到這個，你每次拜月老求桃花或對象的時候，你都是怎麼跟祂說？」

「什麼意思？現場說那些很羞恥欸，我都默默在心中講。」

「那你都怎麼講你的擇偶條件？」

『跟我想法接近、嗜好差不多、互相欣賞包容彼此。啊大家不都求這些？』

「那你的想法跟嗜好是？」

「欸就——」

「欸就」這兩個字差不多停了快十分鐘，本想打睡覺牌結束對話時，F才緩緩回：「嗯，民主自由，喜歡小動物，好好溝通不吵架。」

「不用硬擠啦，昨天半夜滑臉書，剛好看到你跟路人吵選舉，筆戰打了好幾回合。」我內心一邊翻白眼，一邊這樣回覆。

「不是啊，難道我要鉅細靡遺地講，講身高體重、工作薪水、家庭情況、人際關係、思想價值觀、未來願景嗎？」

「嗯，老實說滿多人講這些物質條件，就找到正緣了。」

「大家這麼俗氣的嗎！！！一點浪漫感都沒有嗎！！！」

「我不是要你馬上跳到現實面講錢講房，只是問你有沒有比較具體、覺得一定

要有的條件？」

F想了一下，回覆寫道：「要能接受開放式關係，可是不用跟我報備，雙方都知道界線跟默契在哪就好，我覺得跟另一半說跟誰出去打砲很奇怪。」

「可是不對啊，沒有好好討論，怎麼知道界線在哪？哪天他一直偷約別人不跟你打砲，你要怎麼處理？」

「不用處理啊。如果我真的不小心發現男友偷約，我會又氣又有點興奮，帶著微微報復心態，抓上床要他補回我的份。」

「……我好像可以理解，月老為什麼都給你這種對象了。」

「蛤？為什麼？？？」

「因為你喜人夫ＮＴＲ。」

「……」

讓我們把腦袋當機的F擱置一旁，來講個大家可能都有碰過的事情：關於「向神佛祈願」這件事。

除了向月老求桃花，其他常見像是向保生求健康、向關聖帝君求工作等等，有人向神明求完，出廟後馬上實現；也有的人拜了好幾年，一個小願望都沒發生，反而出現更多衰事。

「跟神明祈求的願望會不會實現？」

「怎麼確認有傳達到神明那裡？」

「如何肯定我們向神佛求的事情發生了？」，這些大概是每個人都想要問的問題。

影響願望的因素有很多，不過就以人的角度來說，可以區分為「願望的具體程度」、「內容是否有矛盾衝突」、「有無符合自身所欲」這幾項標準來當作依據。以求財來說，「求怎樣的財」、「工作財還是偏財」，「工作財的話是服務還是技術」、「求人緣還是智慧」……只有「求財」二字有些曖昧，若沒有想得比較清晰具體，就算天上掉下一筆錢，也會讓人擔心這筆偏財拿了會不會有問題，一直忐忑不安。

而「內容是否有矛盾衝突」、「有無符合自身所欲」這兩點，上述F拜月老的故事，應該就能夠解釋為什麼他拜這麼久，仍然找不到適合的對象。

「欸這樣不對吧！我想求穩定的交往對象，結果來了一堆有伴想偷吃的人是怎麼回事！！！」

過了十來分鐘，F終於從當機狀態恢復，傳了反駁的訊息。

「你先承認你是不是有了對象後，就會出現想偷吃的想法，或想看男友偷吃被你抓包，一邊羞辱他一邊上他的畫面？」

F對我的提問沒有回應，但在這段訊息上按了讚。

嗯，或許可以當作某種程度上的默認吧。

總之，不管是求什麼願望、希望從神明獲得什麼樣的回應，還是提醒各位大德：想好自己所欲，不貪圖也不妄語，說出「適合自己」的願望，做「應當該做」的事情，朝著心之所嚮前進，抵達目標只是早晚的問題而已。

誠懇面對自己，神佛必然回應的。

「所以我下次怎麼跟霞海月老求比較好？」

「就找個可以接受開放式關係，能坦然討論性事的對象，不就好了？」

「可是那樣就沒有偷嘗禁果，擔心悖德被發現的興奮感了啊！」

「你直接跟月老講你要ＮＴＲ人夫算了。」

＃專挑別人家的老公當對象到底是怎樣的嗜好

＃Ｆ還是單身好了

顛顛私密的人生二三事

師父的陷阱

今天是農曆二月初二，大家的里長伯土地公AKA福德正神的誕辰。

（另一說是飛升日）

同時也是——

大慈大悲大仁大慧紫金羅漢阿那尊者神功廣濟先師三元贊化天尊AKA濟公禪師誕辰（？？？

#每次說這封號很中二就會被唸

#可是真的很中二啊（ry

大家對於濟公的印象，大概都是從臺視的《濟公傳》認識這位瘋癲和尚。從被抓來辦事到現在也六、七年有，但仔細想想，我可能從出生就被設局要抓來辦事了吧。（眼神死）

今天就稍微講一下，我跟師父到底怎麼結緣的：

二〇〇七年，當我還在唸高中時，週末有時會被我媽帶去基隆山區某間宮廟去找濟公問事。那邊有一名濟公乩身，平時看起來是一名憨厚老實的中年男性，但起

乩後，就會變成《濟公傳》裡頭的樣子，講話跟動作有點肖肖，走了一圈看似陣法舞步後，就坐在其他宮廟人員準備好的太師椅上，開始幫前來的民眾收驚。

我記不得那時候有沒有去問過、問過了什麼，我當時還是麻瓜什麼都感覺不到。只是印象中，那位濟公乩一邊喝酒茫茫的，回答問題把很多幹話笑話參雜一起，不是很正經。

但某一次問事，我被我媽帶到濟公乩面前，他的眼神突然變得很銳利地看著我，而他好像不是盯著我的眼睛，是我的身後。隨後開頭幾句就把我自己內心小劇場臺詞說出來，當下我冒出「為什麼你知道」，那種被看穿的害怕感，怕他接下來就要講我的祕密了。

只是那位濟公乩就適當地打住，說：「既然知道就要好好唸書，不要再半夜起來去網咖偷打遊戲啦！」

#還好沒被抖性癖（欸

到了二〇一一年前後，我媽接到基隆廟方那邊的請示，說要請濟公師父回來幫忙辦事。雖然我媽過去有當過道姑、學習過某些宗教的科儀，接獲通知時還是有些惶恐，按照指示將師父請回家中設壇，也開始幫人問事辦事。

只不過，據說剛請完沒多久，基隆廟方似乎整個人事成員大調動，原先的濟公乩不在了，換了新的宮廟主委，開始大興土木整修，對信徒態度越來越不客氣，「死要錢」的樣子越來越明顯，最終連主祀神明都換掉，信徒失望大量離開。

我媽有聽聞，在宮廟人事更動前，也有不少其他信徒接獲「幫濟公師父辦事」的消息，急忙請示神意，分香火帶回家中設壇。

師父大概是這樣表示：「既然廟方他們不想聽我的話，那我也不需要繼續待在那裡了。」

雖然如此，但考量那裡還是師父祖廟，我媽還是會定時回去參拜，不見得會多留但次數仍頻。

這之間我媽有感應到師父勸誡說「別再去」、「那裡已經不同」等暗示，但仍舊還是多次前往。

直到二〇一五年初的某日，我媽突然感受不到指引，擲筊詢問師父神尊是否還在，連續十多次無筊，媽媽開始緊張了起來，怕說是不是師父氣到跑了。

而媽媽有一位女性朋友蔣姨，也具有感應體質，她向我媽說：「我昨天夢到妳兒子跟師父正在談話，你兒子可以找師父回來，快點聯絡他。」

那個時候，因為某些因緣際會下，我開始能夠與祂們接觸跟溝通機會，只是當時我有某些內心糾葛，也覺得「可以跟神明講話太像精神病（？）」等顧慮，並沒有跟我媽說過太明確的情況，只簡單說「好像可以知道師父要說什麼話」一類，並沒有明說，何況跟他人透露。

「我跟蔣姨根本不認識，她到底怎麼知道的！！！」我媽轉述蔣姨的話時，我驚恐地大叫。

#不要隨便亂通別人的內心啊啊啊

所以我就被我媽帶到家壇中，請示師父意見，可否原諒我媽回來家中。

但當我準備跟師父溝通連接，還沒說什麼之前，師父就直接跟我表示：

「哎唷終於等到你了。」

？？？？？

當時瞬間有種「我是不是誤入了什麼陷阱」的感覺。

後來我花了很長一段時間去了解師父給予的內容：基隆廟方變質是真的，師父警告媽媽別去也是真的，但「祂不理會我媽，生氣離開」這件事，其實是為了把我抓過來，期望我能協助我媽辦事。

因為我媽並非能完整陳述師父意見，只是能夠感受，而我媽本身經歷跟個性問題，有時候會對客人語出驚人：「你就是犯賤愛搞女人，怎麼不去撞牆死死好！」

「媽，雖然對方外遇是事實，但妳也不需要講得這麼難聽讓對方氣不過拿東西砸妳……」

「但我說的就是事實啊！！！」

我好像可以理解師父為何頭痛了。有時帶人去我媽那裡辦事，聽到我媽完全不修飾的話語真的很驚恐……

所以就在這種半推半就、孔明陷阱（？）的方式下，開始跟著濟公師父學習了。

一邊寫這篇，一邊倒酒給師父，師父問我：「啊會後悔嗎？」

「不會，只是有時候跟您相處時會感到無奈而已。」

師父和悅地繼續飲酒。

#濟公禪師誕辰

#福德正神飛升

#這是一個師父如何布陷阱的故事

人也會打牆

「大家都來問什麼？」這個問題有點難回答，來訪的事主背景與故事大不相同，有些是一般人一生都碰不到的問題。

不過有一種問題是最多人問，每次結束都讓我精疲力盡：感情。

「分手能不能復合」，「什麼時候有桃花」，「想挽回婚姻」、「發現對方偷吃還能信任嗎」……

每次遇到當下都很想說：「你們需要是諮商不是通靈。」

不過身邊的諮商師朋友表示：「不，他們真的比較需要通靈。」尋求至此的事主，多半是事件難以釐清，或不願回想，更覺得難堪不願主動說出，所以寧願希望我們觀看，描述後再尋求驗證。

（這個過程真的很像在玩海龜湯）

本想問度度要不要接這類問事，他只表示：「關於感情，我一律建議分手。」

#求分擔嗚嗚嗚

關於感情，麻煩的是「兩個人」而非「個人」問題，就算是原生家庭，最少也

可以透過「選擇」遠離家人或建立界線，減少被父母的影響；但感情是主動相互結成關係，即便知道問題及無法挽回，但「依戀」難解。

「即使他沒什麼優點，只會說空話白日夢，年紀也很大長相普通甚至說不上菜，但他還是有滿可愛的點。」

「那是什麼？」

「嗯……好像說不出來是哪些……」

有些人稱對方是靈魂伴侶，也有很多老師說他們非常契合，但看到事主苦哈哈只得努力找優點，實在是懷疑那些老師是不是看錯，其實是冤親債主。

每個人想追求的關係不同，對此我沒有想要置喙，看事主是想要留住，還是詢問下一段關係，把感情當成磨練苦行的人也不在少數。

只是大部分的事主，是帶著無助前來，能找到有一個可以讓他們死心塌地、徹底放棄這個人的理由。

但我會盡量把整個情況釐清，告知事主，讓他們自己選擇。

我們沒有辦法替人做決定，這違背我們的做事原則；而希望事主能夠找到他們痛苦的源頭，做出選擇，而不再遭受同樣的痛苦。

最少不要愛到卡慘死啦……

#聽到後來真的會懷疑是靈魂伴侶還是冤親債主

#鬼打牆不可怕

#人打牆才是
#未來是否幸福快樂只有今天的你可以決定
#選擇都是困難但願我們能夠陪你度過難關
#最少珍惜自己

遠端辦事

疫情至今一個月多，有朋友來問我們：「畢竟大家不敢出門，你們會不會比較不忙啊——」

「不，快要忙死了。」我跟度度疲累地說。

因為全臺疫情三級緣故，寺廟不是關門就是不給進入，只能在外頭遙拜，遑論尋找師父或乩身幫忙辦事。但人的疑惑及困難，辦事人需求依然存在，加上師父「來者不拒」（**#徒兒真的要累死了饒了我可以ㄇ**），困難者就幫的自在性格，導致每天忙得莫名跟累得要命。

另外，疫情一開始，師父就督促要幫我認識的親友、事主、粉絲大德們一同誦經迴向，安定心神，所以就算沒有人前來尋求問事辦事，大概也都是在忙此事，本想多寫一些文章存留，也沒有辦法。

#不能寫字竟然是如此一件痛苦的事情

柯基用臉書傳訊表示：「啊頂多電話問事，就算知道問題，但需要處理的話，不是還是得親自來一趟嗎？」

我回應：「我們是這樣講沒有錯，不過以前就有過#**遠端辦事**，而且很多那種『欸這樣真的可以成功嗎⁉』，沒想到竟然成功了……」

去年有位L大德來函，說自己的舅舅被某拜狐仙的女性誘惑，四、五年前就不回家，每次回去都是逼舅媽簽離婚協議或是拿自己的東西，舅媽感到無力無奈；而L大德帶著舅媽的同意及戶口名簿，希望可以去除干擾，讓舅舅回歸正常，回到舅媽身旁。

「只靠戶口名簿上名字生日跟住址，這樣就可以了嗎？」我問關聖帝君，祂只跟我用很鏗鏘有力三聖筊表示：「沒問題！」

於是就在L大德面前，我拿著扇子，跟著師父的口訣跟手印，開始對戶口名簿做法。

「邪教感好重救命！！！」

我內心不斷大喊吐槽自己。

不過後來的狀況大家也看到，舅舅不僅回家，甚至跟舅媽一起去了久違的澎湖家庭旅行，這個狀況我也非常訝異，畢竟遠端讓人很不放心成效，聽聞後續至此才安心了點。

至於為何有效，比起講得高深莫測，用這種方式來比喻或許比較能夠理解：人與人之間有一些連結或緣分，透過這些關聯與對他人的思念，可以像是沿著這些線跟線索，透過地址座標，來接上、聯繫，請示神明在事主知情同意下，幫助

那些人想通或脫離困境。

帶著未能前來家人的衣物去做祭改收驚，也是類似道理。

不過我跟師父有一個很明確的原則規範：除非對方失去表達意志的能力，否則必須得到對方同意我們才能夠涉入事情。所以還請各位放心，我們也不是隨隨便便就可以沒事亂闖別人家中，又不是大雄。（欸）

因此有時候，如果時間緊湊，或事主遠在他國（澳洲、美國、中國之類），我還是會先詢問意願後，再幫忙處理。

不過進入疫情後，發現太多人與其說是問事，不如說是有很多非自己能夠控制的範圍，便也只能無奈地詢問：「您願意接受遠端辦事處理嗎？」

先不提事主，遠端這件事對我最大的問題是「實際感」與「儀式感」的問題。

一般人來到壇中，通常會先讓事主知道我們的辦事狀況、原則性、大略流程、可能效果、費用以及信任與同意。面對面談話之中，這種雙方信賴可以很快地建立起來，現場處理也可以讓對方感受跟反映。

通話視訊也可以建立信任感，但辦事……

想像一個穿著袍子的法師／道士／師父，口吐真言，掐指擺出手印，持法器揮舞，對著手機或 iPad。

這種畫面跟荒謬感，不得不吐槽：

「我自己到底在幹什麼啊啊啊啊啊啊——」

幸好這陣子有前來遠端辦事的事主們都有給予回饋，讓我安心不少，不過太久沒有見人，真的會有種自己是不是要發瘋了。

「放心啦，」度度說：「如果你真的看起來像瘋魔了，先不論師父，玄天上帝一定會把你給打醒。」

「……謝謝哦。」

#遠端辦事　#問事處理

#大概還會有一些遠端辦事分享

#這種摸不著的感覺真的是很神棍

#懷疑人生懷疑自己的顛顛

咖啡廳鄰居

大學時期開始，我每隔一段時間都會去一間名為 H*ours 咖啡廳坐坐，無論是唸書、聊天，還只是純粹的休息。

這間咖啡廳跟其他不太一樣的是，它沒有阿飄能走的通道。一般來說，即使是從來沒有人住過的新屋，你房子／商家住久了，多少還是會出現一些祂們行經過後，產生出來的自然道路。

打個比方，就好像是我們去爬山，偶然能看到地上有明顯一條人為走出來的道路。

阿飄他們走的通道，大概是差不多的邏輯。

只是這間咖啡廳最為奇特的是，無論經營了幾十年，它仍然沒有通道。在店的店門、後院及兩側就像是被蓋了圍牆一般，除非被邀請進來，否則就連神明都不太能進來。不過這並不意味靈體不能進入這間店，而是需要花費一番力氣才知道「如何進去」。

在我眼睛剛被打開的那幾年，我還滿常跑到這間店裡，以免遭受被自己的無心

與白目而招惹的靈體騷擾，我都會在咖啡廳躲到祂們離開。

不過，不知道是否因為這種特殊氣場的關係，這間咖啡廳的經營也只能說平平，平常不太會有一般散客走進來，也沒能夠成為旅遊指南上被介紹的小店。雖然是LGBT友善店面，並會為了平權發聲，前前後後易主了幾次，都靠著熟客的支持下挺住。

我大概在前陣子才知道咖啡廳的後院有一些狀況。

前店主跟我說，後面其實一直住著幾位「鄰居」。祂們平時很安分，大部分時間都在睡覺，但只要店內一有人提到關於「國民黨」、「白色恐怖」、「二二八」、「臺獨」等等關鍵字，祂們彷彿被啟動開關，會進到店內一起憤慨、生氣大罵、討論批評，連帶著店內整個氣氛都有點混濁雜亂。

前店主說，有時候他會帶人出去散散心、講講話，或是突然跑出去，都是因為這些鄰居的緣故。

根據店主自己跟祂們相處的經驗，祂們不想被超渡、不想升天、也不想去哪裡，只想好好在此安眠。

「祂們在這塊土地也睡了七十多年了。」前店主說。

我們自己推測，只要這些鄰居還在店內不肯走，這間店大概也只能打平，像是在經營一艘泥沼中不斷下沉的船隻吧。

我跟狐狸一起想了個法子，請旁邊廟宇中的媽祖帶著兵將，商談了一些事情，

而這幾位鄰居也同意搬去媽祖那裡去修行，或繼續深眠。

店前一陣子剛好也換人經營了，伴隨這些七十多年的「鄰居」離開，希望這間扮演各種社會議題發聲處的咖啡廳，能夠在風雨飄搖之中繼續穩定經營。

心靈出口

自從開始辦事後，來問的問題跟聽過的事件沒有最怪，只有更怪。

懷疑身上有卡到東西、家中是否有好兄弟來求助，這些是比較好想像的，問工作、感情、人緣、家庭等是基本款，但我自己遇過的怪問題真的非常多，好比：

「之前燒了紙哀鳳給媽媽，我好怕祂用一用就沒電，我需不需要燒充電器、行動電源給祂？」

#這樣是不是每年出新機都要重燒一次

#先回答

#不用這樣做

#我怕大家真的照做

「我出借給廠商跟其他同事的筆電沒有登記，找不到，我這邊有好幾臺筆電的照片，我可不可以問它們下落？」

#為什麼一開始不先做好出借登記系統

「我們家天花板上的感應燈沒人經過會一直狂亮，怎麼辦是不是有鬼！！！」

#小姐請冷靜那是風很大灰塵吹進比較多

柯基有時候聽完這些怪問題，都忍不住吐槽：「這些需要來問你們嗎？單純是物理科學可解的，還有自己白目吧。」

或是：「你們未來有沒有打算去考個水電工或工程師執照？」

#其實我考慮去唸個法律系了

#法律建材地理天文醫學都跑來問

#我們真的是萬事屋

不過其實這些事情都有一個相似的狀況：他們表達出來的問題描述，與他們實際需要的解方是不一樣的。

拿感情來說，最常碰到的問題是：「我到底該不該繼續這段感情？」

縱使他們已經知道「離開」對自己而言才是正確，也是對彼此最好的選項，周邊的人也講過無數次「快逃」，但對於愛上渣男渣女、愛情卡到陰的人而言，一個人正在暈船時，會暈到無法辨認眼前是豪華郵輪，還是破爛木筏。

比起給予答案，我們能做的是：

告訴他搭上的是哪一艘船，什麼樣的材質結構、裝潢設備、維護費用，告訴他們搭上這艘船可能會遇到什麼風險，能不能撐過風雨，碰到海盜有沒有防衛能力，以及為什麼會搭乘這艘船，會前往心中何種目的地。

換到現實層面，分析案主自身內外環境資源，理解原生家庭與身心濡化之間的

關係，重構現場與對話，追溯問題本質，進而幫助案主釐清現況與選項，讓他知道自己「為何去做」及「如何去做」。

嗯，我想我們與諮商師的差別，大概只有通靈是去讀心跟想法，比較稍微沒倫理一點。

#這也是為什麼我希望大家問題可以精確一點

#了解動機與需求

#隨便看什麼都要看我真的不知道會看到什麼

#我真的沒有很想要知道大家的私生活跟性癖（欸等等

通常事情結束後我們會用一些冥想靜心方式，清空讀到的案主記憶跟情緒，所以我們一天能夠處理案子的數量有限，也無法當天臨時接案，也請各位見諒我們需要休息。

柯基看到我們累個半死，不禁說了：「你們雖然常常需要處理他們身上的鬼，但你們這樣做，把自己累得都要變成鬼了，有必要嗎？」

但我也只是很平淡地跟他解釋：「比起單純解決問題，我希望他們知道自身發生什麼事情，理解這段經驗後可以學會如何避開，不會再次陷入後不知所措。」

「為什麼？」柯基問。

我繼續解釋：「走到案主記憶裡，看到他們因為錯誤的地圖跟資訊，在同一個地方迷路打轉，責備自己是不是太笨不夠努力，我覺得太辛苦了。我也不想要隨隨

便便就看到別人的原生家庭問題跟創傷，也只想要解決他表面說的問題，但我看到了，在旁的神尊還會盯你問：『你知道癥結點在哪裡吧？』——我不能不解決啊啊啊啊啊啊——」

「……通靈好可怕。」柯基如是表示。

雖然部分是被逼迫跟要求，但跟著案主走了一趟記憶迴廊，我心裡有一個期許與寄託：

重新回顧那段記憶的目的，是理解問題本質，然後告訴自己這段經歷給自己的意義，有一套識人準則可以辨認眼前事物，重新整頓身心後再出發。

我們都有過無助時受貴人所助的經歷，雖然會對於他們幫忙感到虧欠，但曾經幫助我的那位說過：「把這股善意傳遞下去吧，這才是好的循環。」

因為曾經迷茫過，才會希望來的每一位也可以從迷霧中走出來，好好往前走。

#給魚不如教人釣魚　#我們那些遇過的怪問題　#找到心靈出口

#看人重複暈船溺水跑來求助真的是夢魘

#那個底部破洞拜託看到一下啊啊啊啊

#腦汁死亡的顛顛

天助自助者

雖然很高興有些人來找我們後有得到幫助，我們也有獲得回饋，但有一件事情請記得：「天助自助者，三分靠天七分靠人。」

神明最多只能給予建議跟方向，但最終決定權在案主大德身上，神明無意也無權替人決定，更遑論只是剛好能夠通靈的我們。我們不會命令你們要去做什麼，不過度干涉他人因果。

（雖然問事本身就是干涉了啦……）

通常我們能做的，就是分析跟討論未來可能性，但多半還是要大德本身自己要知道自己要什麼、朝什麼方向，我們才有辦法給出進一步的選項。

以下是很常碰到的幾個例子：

（一）

A：「老師，我應該要選A還是B？A有錢、很帥但是渣，B人很好，薪水一般但臉實在不是我的菜。」

顛：「妳想嫁金龜婿就選A，妳想要好一點的夫妻人生就選B啊。」

A：「可是我兩個都想要啊！！！拜託老師請告訴我要選哪一個！！！」

顛顛已離線。

（當然還是繼續處理下去了……）

（二）

B：「我的丈夫真的很糟糕，真的沒有什麼優點……」

顛：「所以妳的想法是想要離婚嗎？」

B：「不，我想要能夠更好相處，因為我們關係真的很淡薄……」

顛：「所以需要我幫您協助處理關係更好嗎？」

B：「我真的覺得我丈夫很難相處，只要一碰到他就會吵架，可是我又放不下他，我真的不知道我是不是中什麼邪……」

顛：「……所以您是想要確認說，您身上是不是有中什麼類似媚咒之類的東西嗎？」

B：「可是如果真的有什麼咒，我萬一解開是不是就不愛他了？就算有也可以不要告訴我嗎？」

（我好想中離，我可以中離嗎？？？？？？）

（三）

C：「我的三個女兒都喜歡女生，能不能幫她們改正回來？」

顛：「她們過得不好嗎？」

C：「是沒有不好啦，但就是交友關係很亂齁，也不想結婚，啊還要媽媽操心帶回來到底是男生還女生……」

顛：「雖然這樣講不是很好，但妳生的三個女兒都喜歡女生，沒有過得不好，也都一直陪伴在妳旁邊，一旦去強迫她們結婚，我看到的狀況反而會變得差，除非她們有自覺，不然我建議是不要動。」

C：「可是還是很不正常啊……」

顛：「……」

結果三個女兒各自有自己的工作，以及至少三年以上的穩定交往伴侶。

講了這麼多，我還是希望一件事情：我們能夠給的只是建議和方向，但最終決定權還是在自己身上。無論是我們、家人、伴侶都沒有辦法替他人決定。請大家對自己多負責一些、多想一些，幫助自己決定事情。

#不知道怎麼練習決定

#先決定明天午餐吃什麼

告別

幾年前的這陣子，也是一群朋友離去，不告而別或好好道別都有。

雖然看起來他們是「不珍惜」、「輕易拋棄」自己的生命，但很多其實是久病纏身，因病痛折磨而死，只是最後的結果呈現很像他們「有選擇地、自私地離開」，卻沒能看見他們在走到這步之前的掙扎與努力。

小時候被性侵，即使長大後伸冤成功，但那段創傷記憶沒辦法輕易撫平，或是病入膏肓，喪失對他人信任的力氣。

——好好地唸書好好找工作，但被生活與家人壓得喘不過氣，活著的勇氣在「米蟲」、「廢物」、「養你有什麼用」等等言語攻擊之下被折斷，已經失去尋找未來與意義的能力。

——曾被帶到一些組織治療性向十多年，待父母發現沒有用時，身心已被狠狠撕裂，無藥可救，沒人可以逆轉那被殺死的歲月。

——理智上知道應該要希望這些人能夠好好治療傷痛，好好努力活下去，用自己的力量幫助他們長出活著的意志，但面對精神層面已如人彘的他們，有些過度的

正能量只是再一次嘲笑他們「不夠努力」而已，雖然當下我們可能沒有這些意思。

有些朋友離去、在告別式見到祂們的時候，沒有直說但隱隱告訴我：「不用擔心我，我會照顧好自己，過得很好。」

默默才發現，對於某些人而言，自殺不是一個絕路，而只是一個「病死」的過程而已，而我們能做的，就是好好送走祂們，不要讓祂們留下遺念。

也因此，面對某些自殺的靈體個案，我是傾聽祂們的聲音與理由，生前沒能夠傳達出去的，至少死後能夠找個人訴說，好好理解祂們孤獨與離去的理由，好好地替祂們與在世的親友解決。

我是抱持著這樣的想法的。

說實話，在過去幾年之中，自己也有一些「覺得走不過」、「好像命數已盡」的念頭，只是最終被家人與神明師尊們拉了回來，雖然過度勞累之時還是會有些許負面情緒，但最少還有人（無論可見不可見）陪伴。

面對這些自我離去的人們，我不確定我該用什麼角度去看待，「自殺不應該」、「自殺是對父母不忠不孝棄之不顧」、「這些人怎麼都沒有好好想過擔心他們的親友」，這些說法對這些逝者太過沉重也太去脈絡，畢竟以自己經驗來看，他們這些都有想過，也用這些句子來延續自己性命過了，有努力過了。

雖然，直覺上想要大家都能好好活著，只是我希望我能夠盡我所能地，好好善待這些疲憊的靈魂。

無論是理解度化還是領去神明那裡修行也好，請不要再譴責祂們，祂們努力過，該是讓祂們好好休息了。我們這邊也都還在，如果真的有什麼想不通走不開的，雖然不一定能夠扭轉生活，但最少能成為一個喘息的空間。希望我們能成為幫人撐傘的那位，而當我們需要避雨的時候也能夠有人替我們暫時遮蔽。

#願陽光普照亦有陰涼

#願大家能夠好好休息

嬉文化

甲鬼甲怪

著者／顛顛
執行長／陳君平
榮譽發行人／黃鎮隆
協理／洪琇菁
總編輯／呂尚燁
美術總監／沙雲佩
美術編輯／陳聖義
資深主編／丁玉霈
文字校對／施亞蒨
國際版權／黃令歡、高子甯
內文排版／謝青秀

出版／城邦文化事業股份有限公司 尖端出版
台北市中山區民生東路二段一四一號十樓
電話：（〇二）二五〇〇－七六〇〇
傳真：（〇二）二五〇〇－二六八三
E-mail：7novels@mail2.spp.com.tw

發行／英屬蓋曼群島商家庭傳媒股份有限公司城邦分公司 尖端出版
台北市中山區民生東路二段一四一號十樓
電話：（〇二）二五〇〇－七六〇〇（代表號）
傳真：（〇二）二五〇〇－一九七九

中彰投以北經銷／楨彥有限公司（含宜花東）
電話：（〇二）八九一九－三三六九
傳真：（〇二）八九一四－五五二四

雲嘉以南／智豐圖書有限公司
（嘉義公司）電話：（〇五）二三三－三八五二
傳真：（〇五）二三三－三八六三
（高雄公司）電話：（〇七）三七三－〇〇七九
傳真：（〇七）三七三－〇〇八七

香港經銷／城邦（香港）出版集團有限公司
香港灣仔駱克道一九三號東超商業中心一樓
電話：（八五二）二五〇八－六二三一
傳真：（八五二）二五七八－九三三七
E-mail：hkcite@biznetvigator.com

新馬經銷／城邦（馬新）出版集團 Cite（M）Sdn. Bhd.
E-mail：cite@cite.com.my

法律顧問／王子文律師 元禾法律事務所
台北市羅斯福路三段三十七號十五樓

二〇二三年十月一版一刷

■中文版■

國家圖書館出版品預行編目資料

甲鬼甲怪 / 顛顛作 . -- 一版 . -- 臺北市 : 城邦文化事業股份有限公司尖端出版 : 英屬蓋曼群島商家庭傳媒股份有限公司城邦分公司尖端出版發行 , 2023.10
面 ; 公分
ISBN 978-626-356-905-8 (平裝)

863.57 112009374